徳間文庫

明《あき》屋《や》敷番《しきばん》秘録
斬《ざん》

鈴木英治

第一章

一

今日もよい一日になればよいな、と柿田衛太郎《かきたえいたろう》は思ったが、果たして願い通りになるだろうか。

——このところの平穏が、今日も続いてくれるものか……。

茶を喫した衛太郎は吐息を漏らし、湯飲みを茶托《ちゃたく》に置いた。

——よし、出かけるとするか。

よっこらしょ、といって衛太郎が立ち上がろうとしたとき、廊下を渡る足音が聞こえてきた。

「あなたさま」

腰高障子越しに、妻の幹世《みきよ》の声が届く。

「どうした」

衛太郎の声に応じて、腰高障子がするすると開いた。

幹世の色白の顔が目に入る。

「お客さまです」

「こんなに朝早くにか……」

――なにか事件が起きたのはまちがいなかろう。ここしばらく続いた平穏が、ついに終わりを迎えたということか……。

「客はどなただ」

静かな声音で衛太郎はただした。

「初めていらしたお方です。飯倉片町《いいくらかたまち》の喜久造《きくぞう》さんと名乗っていらっしゃいますが、ご存じですか……」

「喜久造とな……」

つぶやいて、衛太郎は幹世にうなずいてみせた。

「飯倉片町の自身番付きの小者《こもの》が、確かそんな名だった」

背筋を伸ばして座り直した衛太郎は、茶托の上の湯飲みを取り、茶の残りを飲み干した。喉が潤い、気持ちが落ち着くのを感じた。

「喜久造はどこにいる」

「お庭にまわっていただきました」

うむ、とうなずいて衛太郎はすっくと立ち上がり、居間を出た。

衛太郎の長脇差《ながわきざし》を携えて幹世がついてくる。

客間に入った衛太郎は、庭に面している障子を開けた。

庭先に、一人の若い男が遠慮がちに立っていた。濡縁《ぬれえん》に立った衛太郎を見て、すぐさま小腰をかがめる。

飯倉片町の自身番で何度も目にしたことのある男だが、衛太郎はほとんど口を利いたことがない。

喜久造は、飯倉片町の自身番に詰めている町役人と衛太郎との会話を、いつも口を挟むことなく、にこにこと聞いていることがほとんどである。

温和な喜久造の顔つきが、今朝は少しこわばっている。

「おはよう、喜久造」

衛太郎はにこやかに挨拶した。

「おはようございます」

恐縮したように喜久造が頭を下げる。

「喜久造、飯倉片町で事件が起きたのか」

腰を折って衛太郎はきいた。

「は、はい、さようにございます」

唾を飲み込んだか、喜久造の喉仏がごくりと上下に動く。

「殺しでございます」

そうではないかと覚悟はしていたものの、その言葉を聞いて衛太郎は唇を引き結んだ。

殺しと聞いて、背後に立つ幹世がびくりとしたのが知れた。

「誰が殺されたのだ」

喜久造から目を離さず衛太郎は問うた。

「笠岡《かさおか》道場の道場主です」

うつむき加減に喜久造が答える。

笠岡道場というと、と衛太郎は考えた。飯倉片町にある剣術道場で、観全心裏流《かんぜんしんり》という一刀流を門人たちに教えているはずだ。

かなり流行《はや》っている道場で、門人は二百人では利かないのではあるまいか。

「笠岡道場のあるじは尾道旗堂斎《おのみちきどうさい》どのといったな」

衛太郎は喜久造に確かめた。

「はい、さようにございます」

衛太郎は、門人たちを引き連れて威風堂々と町内を歩く旗堂斎の姿を、何度か目にしたことがある。

旗堂斎という武張った名だが、本人はいつもゆったりとした笑みを浮かべている、穏やかな男だった。

――あの男が殺されたのか……。

最後に旗堂斎の姿を見たのは十日ばかり前だったが、そのときどこかに死の兆しのようなものは面《おもて》や仕草にあらわれていなかっただろうか。

――旗堂斎どのは、ぴんぴんしていた。死を感じさせる徴《しるし》など、どこにもなかった。

「喜久造、旗堂斎どのは遣い手として名を馳《は》せている人だったな」

衛太郎は新たな問いを発した。

「はい、江戸でも屈指の剣客といわれているお方でございます」

「その旗堂斎どのが殺されたというのか」

はい、と喜久造が顎を引いた。

「それも、笠の台を飛ばされていらっしゃいます」

「なんと――」

衛太郎は目を大きく開いた。幹世も仰天したようだ。

「首を刎《は》ねられたというのか。よし、すぐに行こう。喜久造、おぬしは門のほうに回ってくれ」

「はっ、承知いたしました」

障子を閉めた衛太郎は客間を出て、幹世とともに玄関へ向かった。

柿田家付きの中間《ちゅうげん》の光三が、玄関先で衛太郎がやってくるのを待っていた。

光三は柿田屋敷の裏庭にある長屋で、女房のおたつと一緒に暮らしている。子は二人いるが、いずれも女の子だ。光三の跡取りはまだこの世に生まれ出てきていない。

「光三、事件だぞ」

三和土《たたき》の雪駄《せった》を履きつつ、衛太郎は声を投げた。

「はい、そのようですね」

衛太郎を見返して光三が顎を引いた。

「庭先での会話が聞こえていたか。相変わらず耳がよいな」

「畏れ入ります」

衛太郎は振り返り、式台に座している幹世から長脇差を受け取った。それを手早く腰に差す。すぐに玄関を出ようとしたが、幹世の声が背中にかかった。

「あなたさま、十手《じって》はお持ちになっておりますか」

幹世にきかれて、衛太郎は懐にさっと手を当てた。

袱紗《ふくさ》に包んで大事にしまい入れてある十手の感触が、しっかりと伝わってくる。

「うむ、ちゃんとここにある」

衛太郎は前に、十手を忘れて出仕したことがあるのだ。もう三十を過ぎたが、そそっかしさは幼い頃から変わらない。

「では行ってまいる」

「行ってらっしゃいませ」

幹世の見送りを受けて、衛太郎は玄関を出た。門のそばに、庭から回ってきた喜久造が立っている。

「喜久造、うちの中間の光三は存じておるな」

「はい、もちろんでございます」

光三を見て喜久造がうなずく。

「よし、ならば紹介はいらぬな。――喜久造、さっそく案内してくれ」

衛太郎が命じると、承知いたしました、といって喜久造が門を出て道を歩きはじめた。

衛太郎は喜久造の後ろについた。光三がそのあとに続く。

半刻後、衛太郎たちは飯倉片町に入った。

「こちらです」

町に入って五間《けん》ほど歩いたのち、つと角を左に折れた喜久造が路地に入っていった。着流しの着物の裾を翻して、衛太郎も続いた。三間ばかり先に人だかりが見えている。

「柿田さまがいらっしゃいました」

人だかりに向けて喜久造が声を張り上げた。

その声に応じて人垣がさっと割れ、地面の上の筵《むしろ》の盛り上がりが、衛太郎の瞳に映り込んだ。

――あれがそうか。

筵の盛り上がりに向かって、衛太郎はまっすぐ進んだ。

「これは柿田さま――」

飯倉片町の町役人の小平治《こへいじ》が小腰をかがめ、挨拶してきた。

小平治は飯倉片町に五人いる町役人の中で、最も年かさの男である。

「ご足労、ありがとうございます」

「なに、礼には及ばぬ。ここは常に見廻っている町だし、事件の見聞、探索も俺の仕事だ」

ほかの町役人たちも、次々に衛太郎に辞儀してきた。

歩を進めつつ、衛太郎は会釈気味に返していった。

筵の盛り上がりの前で、足を止める。

「小平治、さっそく仏を見せてもらうぞ」

「よろしくお願いいたします」

小平治がうなずき、そばにいる小者らしい若者に手で合図した。

顎を引いて素早くかがみ込んだ小者が、筵をそっとめくる。

衛太郎はしゃがみ込み、目の前の死骸を見つめた。

事前に喜久造から聞かされていたとはいえ、やはり首が切り離された骸《むくろ》というのは、むごいの一語である。

羽織袴《はかま》を着用している胴はうつぶせている。

切り取られた首は、胴のかたわらに転がっていた。無念そうに目を開いている。

——ふむ、殺されたのは旗堂斎どのでまちがいないようだ。

首の切り口から出たおびただしい血が、地面を赤黒く染めている。

血のにおいは、さほど強くない。これは、旗堂斎が殺されてから、かなりときがたっているせいではないか。

——昨夜の九つくらいに殺害されたようだ。

一見したところ、首以外には傷はないようだ。しかし、それは自分で勝手に決めつけるわけにはいかない。

傷のことは、少し離れたところに立って帳面に熱心になにごとか書き込んでいる検死医師の順西《じゅんさい》に確かめる必要がある。

それにしても、と旗堂斎の首の傷口を凝視して衛太郎は思った。

——刀でやられたにしては、この傷口は少し荒いようだな……。

切断面が、ささくれ立っているように見えるのだ。切れ味の悪い包丁で切った刺身のような感じである。

——もし腕が大したことのない者に首を切られたのだとしたら、こういう傷口もあり得るだろう。だが、殺されたのは旗堂斎どのだからな。

下手人がよほどの手練《てだれ》でなければ、旗堂斎を殺すことなどできない。このささくれ立った傷口というのは、説明がつかない。

——旗堂斎どのは、この路地を歩いていて、いきなり下手人に斬りつけられて首を刎ねられたということにならぬか。

そんな真似ができる者の腕前が悪いはずがない。

ふむ、と衛太郎は旗堂斎の腰を見て、鼻を鳴らした。

——刀は鞘《さや》におさまったままか。

旗堂斎は抜刀すらしていないのだ。

付近には争った跡もない。地面には踏みにじられた形跡もない。きれいなものだ。

旗堂斎ほどの遣い手が、いくら夜とはいえ、この路地を歩いている際にいきなり首を刎ねられてしまう。

——そんなことがあり得るのか。

だが、この場の状況からして、ほかに考えようがない。

旗堂斎は、下手人に後ろから忍び寄られたのか。

それとも、前からやってきた下手人に不意を突かれたのか。

とにかく、腰に刀がおさまったままというのは、旗堂斎に戦う意志がなかったというあらわれだろう。

――いずれにしろ不意打ちを食らったのだ。

「先生――」

立ち上がって衛太郎は、検死医師の順西に歩み寄った。

「これは柿田さま、おはようございます」

衛太郎に気づいた順西が帳面を閉じ、丁寧に頭を下げてきた。

「おはようございます」

笑みを浮かべて衛太郎も返した。

「先生、検死は終わっていらっしゃいますか」

「もちろんですよ」

帳面を懐にしまい込んだ順西がぐいっと胸を張る。

順西は、赤坂新町《あかさかしんまち》に住む町医者である。衛太郎の暮らしている八丁堀《はっちょうぼり》に比べて飯倉片町にかなり近い分、早く来て検死を済ませたようだ。

「先生、旗堂斎どのが殺された刻限はわかりますか」

衛太郎は順西にきいた。

「おそらくですが、四つから八つのあいだではないかと思います」

経験の豊富さを感じさせる思慮深い顔で、順西が答えた。

——やはりそのくらいか。

後ろを振り向いて、衛太郎は町役人の小平治を見やった。

「殺されたのはかなり遅い刻限だ。そんな刻限に旗堂斎どのは、このあたりを歩くことがあったのか。小平治、そのあたりの事情は知っておるか」

ええ、と小平治が首を縦に動かした。

「この路地の突き当たりに、旗堂斎さんのお妾《めかけ》さんの家があるのですよ。ですから、よくいらしていたと思います」

「ほう、妾の家か」

衛太郎はそちらに目をやった。路地は緩やかに斜めに曲がっており、突き当たりは見えなかった。

小平治が言葉を続ける。

「そのお妾さんはおつたさんというんですが、旗堂斎さんらしい人が殺されていると知らされて家から飛び出してきました。しかし、旗堂斎さんの死顔を目の当たりにして卒倒してしまい、今は家で横になっていますよ」

「そうか。おつたに大事ないか」

「少し横になっていれば大丈夫と、順西先生がおっしゃいましたので……」

衛太郎は自らの顎を軽くなでた。

「旗堂斎どのは、そのおつたという妾の家に向かう途中で殺されたのか」

いえ、といって小平治がかぶりを振った。

「おつたさんと一緒に暮らしている女中に話を聞いたのですが、旗堂斎さんは暮れ六つを過ぎた頃に、おつたさんの家に見えたそうです。そのあとお酒を召し上がった四つ頃、道場に戻るとおっしゃって、おつたさんの家を出たらしいんですよ」

「そのときに殺されたということか」

「おそらくそうではないかと……」

「旗堂斎どのが、おつたの家に泊まらず、道場に戻ることはよくあったのか」

衛太郎は別の問いを小平治にぶつけた。

「ええ、いつも泊まらずに帰っていたみたいですよ。旗堂斎さんは朝の稽古に備えて、必ず道場に戻るようにしていたらしいです」

そのことを下手人は知っていたのかもしれぬな、と衛太郎は思った。

――となると、下手人は町内の者か。

「旗堂斎どのがおつたの家に泊まらぬという話を知っている者は、どのくらいいるのだ」

「大勢いると思いますよ。旗堂斎さんと親しい者は皆、知っておりますし、二百人以上いる門人もほとんどが知っていたんじゃないでしょうか」

それを聞いて衛太郎は落胆しかけた。とにかく、と思った。下手人は、この路地で旗堂斎を待ち構えていたのはまちがいなさそうだ。

——旗堂斎どのにうらみを持つ者の仕業だろうか。

「先生——」

顔を転じて衛太郎は順西を呼んだ。

「旗堂斎どのを殺害した得物《えもの》がなにかわかりますか」

「ああ、得物ですか……」

順西が戸惑いの表情になった。

「それが、よくわからんのですよ」

「刀ではないように見えるのですが……」

「ええ、刀ではありません」

難しい顔で順西が首をひねる。

「旗堂斎さんの首は、刀ですぱりとやられたのとはちがいます。鎌のようなものでぐいっと引っ張られるように切られたのではないかと思います」

「鎌ですか……」

そんな得物は考えてもみなかった。

ええ、と順西がうなずいた。

「それも稲刈りで使うような鎌ではなく、もっと大きな鎌でしょうね。両手で使うような鎌ではないかと手前は思います」

そんなに大きな鎌がこの世にあるものなのか、衛太郎は知らない。

――鎖鎌なら昔からあるのは知っているが、それとはちがうのか……。

「鎖鎌が得物とは、考えられませぬか」

眉根を寄せて順西が思案の顔になる。

「考えられぬことはないですが、手前はちがうような気がしますね。手前もほとんど目にしたことはありませんが、鎖鎌の鎌はかなり小さいでしょう。旗堂斎さんを殺したのは、もっと大きな鎌だと、手前は勘考いたします」

間を置かずに順西が言葉を続ける。

「下手人はすれちがいざまに大鎌を繰り出し、旗堂斎さんの首をまるで稲を刈り取るかのように切ったのではないでしょうか」

「すれちがいざまに稲を刈り取るかのようにですか。先生、なにゆえそう思うのですか」

「旗堂斎さんが、うつぶせに倒れているからです。下手人は旗堂斎さんとすれちがおうとした瞬間に大鎌を振るったのでしょう。不意を突かれたために、旗堂斎さんほどの腕のお方でもそれをよけられなかった」

——不意を突かれたという見解は俺と同じだな。

唇を湿して順西が言葉を続ける。

「旗堂斎さんの首は、ずんという音とともに切れて地面に落ち、鎌の勢いに押されるように、旗堂斎さんの胴体は前のめりに倒れたのではないかと考えるからです」

「さようですか。よくわかりました」

衛太郎は感謝の意を告げた。

今は、と思った。とにかく鎌のような変わった得物を使う者を見つけ出すことこそが肝要だろう。

——その者が旗堂斎どのに深いうらみを持っておれば、あっという間にこの一件は解決できるはずだ。

だが、解決にはなかなか至らぬのではないかとの思いも、衛太郎は同時に抱いている。

——俺はなにゆえこんなことを思うのか。

きっと、と衛太郎は気づいている。

——旗堂斎どのほどの者をあっさりと殺してのけた下手人が、たやすくしっぽをつかませるような真似はせぬからだ。

そういう予感が、心にくすぶっているからにちがいない。

二

公儀の転覆を図る者には、容赦なく鉄槌《てっつい》を下す。

——どのような敵が立ちはだかろうと、命を賭《と》して叩《たた》き潰さねばならぬ。

明屋敷番調役《あきやしきばんしらべやく》を拝命して十日ほどしかたっていないが、旗丘隼兵衛《はたおかしゅんべえ》は揺るぎない決意の杭を胸中に打ちつけている。

——この俺が公儀の盾となるのだ。俺はそのために、この世に生を受けたにちがいあるまい。

これまで将軍の馬廻《うままわ》り役である書院番《しょいんばん》として公儀に命を捧げてきたが、これからは明屋敷番として全力を尽くすのだ。

隼兵衛が任命された明屋敷番は、公儀の転覆を図る者を捕らえ、陰謀を未然に防ぐことを最大の目的としている。

――江戸にあまたいる旗本《はたもと》、御家人《ごけにん》の中でこれほどの役目に任じられる者が、いったいどれだけいるというのだ。

俺は、と隼兵衛は思った。

――選ばれて書院番から明屋敷番になったのだ。

隼兵衛は、そのことを誇りに思っている。

さらなる気持ちの高ぶりを覚えたせいか、喉の渇きを覚えた。

隼兵衛は、目の前に置かれている湯飲みに手を伸ばし、茶を喫した。

やわらかな甘みが、ゆっくりと喉をくぐっていく。

――意外にいい茶葉を使っているのだな。

気分が落ち着いていく。隼兵衛は湯飲みを茶托にそっと置いた。

ふう、と軽く息をついたとき、部屋の外から密《ひそ》やかな足音が聞こえてきた。それが部屋の前で止まる。

「入るぞ」

穏やかな声が耳に届き、襖《ふすま》がするすると横に滑った。

顔を見せたのは、上役の中根壱岐守《なかねいきのかみ》である。敷居を越え、隼兵衛の前に端座した。

「朝早くに済まぬな」

中根が軽く頭を下げた。

「いえ、壱岐守さまのお呼びとあらば、それがし、いつでも飛んでまいります」

中根がわずかに表情を緩めた。

「明屋敷番調役となってまだ十日ほどしかたたぬのに、ずいぶん追従《ついしょう》がうまくなったな」

「いえ、それがしは本心を申し上げております。世辞は苦手ですので」

中根が隼兵衛に眼差《まなざ》しを当ててきた。

「ふむ、おぬしの気性からして、確かに追従や世辞など口にしそうにないな。旗丘、明屋敷番としての覚悟が、すでにしっかと根づいておるのだな」

「もちろんです」

中根を見つめて、隼兵衛は深く顎を引いた。

今朝早く旗丘屋敷に中根の使者がやってきて、隼兵衛に千代田城《ちよだじょう》に急ぎ登城するようにいってきた。

そのときちょうど隼兵衛は、老中《ろうじゅう》青山《あおやま》美濃守《みののかみ》のかどわかしを防ぐために監視をしている老中の役宅に赴こうとしていたのだが、すぐに行き先を千代田城に変更した。

いま隼兵衛が座しているのは、芙蓉間《ふようのま》の近くにある八畳間である。

芙蓉間は中根たち大目付《おおめつけ》の詰所になっており、隼兵衛などが無闇に立ち入ってよい場所ではない。

居住まいを正した中根が、底光りする目で隼兵衛を見つめてきた。

「旗丘、さっそくだが、やってもらいたいことがある」

背筋を伸ばし、隼兵衛は中根を見た。

「それは、青山美濃守さまの一件に関係しているのでしょうか」

「察しがよいな」

中根がかすかな笑みを見せる。

「青山美濃守さまをかどわかさんとするうろんな者どもが、府内に潜伏しておるのは疑いようがないことだ」

そのことは、隼兵衛が明屋敷番調役を拝命したときに中根から聞いたことだ。

「そやつらの潜伏場所が、わかったかもしれぬのだ」

静かな声音で中根がいった。

あくまでも隼兵衛は冷静に答えた。

「さようですか」

「旗丘、さして驚かぬのだな」

「明屋敷番調役を拝命するまでにいろいろとありましたゆえ、この先どのようなことが起きようと、それがしが肝を潰すことはないものと確信しております」

「なるほど、そういうことか」

納得したような声を壱岐守が発し、かすかに笑みを浮かべた。

「確かに、いろいろとあったな。理不尽な理由で書院番を罷免《ひめん》させられたり、撓《しな》る剣の持ち主に襲われたり……」

そのほかにも、幼い頃から友垣である高階君之丞《たかしなきみのじょう》に斬りかかられてもいる。

君之丞は隼兵衛に返り討ちにされて傷を負い、自ら死を選んだ。

君之丞のことを思い出したら、隼兵衛の胸は湿り気を帯びた。

――なにゆえ君之丞は俺を襲ってきたのか。

いまだにその理由はわかっていない。幕府を転覆させようとしている南蛮の者たちになんらかの弱みを握られるかして、取り込まれたのではないか、と隼兵衛はにらんでいる。

そうでない限り、君之丞が自分を殺そうとするなど、考えられることではないのだ。その上、自らの口を封ずるために死を選ぶはずがないではないか。

「旗丘、どうかしたか」

いきなり中根の声が、隼兵衛の頭に飛び込んできた。

隼兵衛は、はっとして顔を上げた。こちらをのぞき込むようにしている中根の顔が瞳に映り込む。

「申し訳ありませぬ。少し考え事をしておりました」

中根が深い色をした瞳で隼兵衛を見る。

「高階のことを考えておったのだな。幼なじみに襲われ、そしてその者が自ら死を選んでしまっては、おぬしがいろいろと考え込み、沈んだ顔になるのも致し方あるまい」

「畏れ入ります」

隼兵衛は頭を下げた。

「旗丘、なにゆえうろんな者の潜伏場所が知れたか、知りたくはないか」

「はい、是非ともうかがいたく存じます」

身じろぎ一つせず、隼兵衛は中根の次の言葉を待った。

「わしのもとに匿名の文《ふみ》が届いたのだ」

隼兵衛を見返して中根が告げた。

「匿名……。誰がその文を出したのか、お頭《かしら》には心当たりがあるのですか」

眉根を寄せて、中根が腕組みをした。

「いや、心当たりはまったくない。もしやすると、公儀の転覆を企む者が出してきたとも考えられるのだが……」

「それは、裏切りということですか」

目を大きく見開いて隼兵衛はいった。

「わしの推察通りなら、そういうことになるが……。いや――」

すぐに中根がかぶりを振った。

「裏切りなどではあるまい。何者が文を出したにしろ、その真意は今のところ謎だ。――旗丘、うろんな者どもが潜伏しているとその文が指し示している場所を、今から調べに行くのだ」

「承知いたしました」

間髪《かんはつ》を容《い》れずに隼兵衛はいい、潜伏場所がどこなのか、中根にたずねた。

「渋谷《しぶや》村の一軒家だ」

渋谷村のどのあたりか、詳しい場所を中根が伝えてくる。

渋谷村には一度も足を運んだことはないが、と隼兵衛は思った。

——行けば、場所はすぐに知れよう。

「うろんな者どもがひそんでいるかもしれぬその家の持ち主が誰か、もうわかっているのですか」

その家を所有する者は、公儀の転覆を企む者どもに合力しているのではないか。そう考えても、差し支えないような気がする。

「すでに我が家臣に調べさせているが、今のところ、まだ判明しておらぬ」

さようですか、と隼兵衛はいった。実際に渋谷村まで足を運んでみれば、家の持ち主についてなにかわかるかもしれない。

「ではお頭、ただいまより旗丘隼兵衛、出立《しゅったつ》いたします」

中根に向かって一礼し、隼兵衛はすっくと立ち上がった。

八畳間を出、大玄関に向かって廊下を歩きはじめる。

——さて、配下の誰を渋谷村に行かせるべきか。

廊下を歩みつつ、隼兵衛は思案した。むろん、自分も行くつもりだが、人選をする必要がある。

明屋敷番を率いる調役として隼兵衛には、旗丘家の中間をしている善吉《ぜんきち》を入れて、六人の配下がいる。

六尺棒を得物とする久保寺弥一《くぼでらやいち》、おのれの剛力自体を武器とする清宮隆之介《きよみやりゅうのすけ》、手裏剣の手練の柏木佐知、槍《やり》の達者である柳谷巨摩造《やなぎたにこまぞう》、柔に熟達した志馬田十蔵《しまだじゅうぞう》。

善吉を除いた五人は、いま老中青山美濃守の陰警護についている。

青山美濃守のかどわかしを企んでいる者たちが、本当に渋谷村にひそんでいるかわからない以上、配下の全員を渋谷村に向かわせるわけにはいかない。

何者とも知れぬ者が文を出してきたのは、青山美濃守の屋敷から明屋敷番を引きはがすための陽動策と、考えられないこともないからだ。

——とりあえず、三人を選ぶとするか。

そのくらいの人数が、ちょうどよいような気がする。

老中をつとめる家だけに、青山美濃守には大勢の家臣がいる。

かどわかしを企む者どもが府内にひそんでいることは、すでに青山美濃守本人に伝えられたと中根から聞いている。青山家の家中に油断はなく、渋谷村に行く三人の配下が青山美濃守のそばを離れても、障りはまずあるまい。

——青山美濃守さまはまだ出仕なされず、役宅におられるのであろうな。

いま刻限は朝の五つを過ぎたくらいであろう。青山美濃守は、出仕の支度に追われているにちがいあるまい。

大玄関で太刀《たち》を係の者から受け取った隼兵衛は、千代田城の本丸御殿をあとにした。大手門をくぐり抜けて、下乗橋《げじょうばし》を渡る。

「あっ、殿さま」

大きな声を発して隼兵衛に走り寄ってきたのは、中間の善吉である。

この男は明屋敷番の一人として、一年前から隼兵衛の屋敷に中間となってもぐり込んでいた。

明屋敷番調役にふさわしい人物か、隼兵衛の人となりをじっくりとみるためだ。調役に登用するための最後の試験となった五人の明屋敷番による攻撃を、こともなげにはね返したことで、隼兵衛はものの見事に試験に合格したのである。

旗丘家にもともと仕えている五人の男も、隼兵衛のそばに寄ってきた。

「殿さま、先ほど登城されたばかりですけど、もう下城されるんですか」

真剣な顔で善吉がきいてくる。相変わらず声が大きく、隼兵衛の耳はきーんと痛いくらいだ。

——こやつはまことに明屋敷番なのか。こんな調子では、秘密を保つことなどできそうにないが……。

顔をしかめたくなったが我慢し、隼兵衛は善吉にうなずいてみせた。

「そうだ。壱岐守さまからご下命を受けた。ただいまより、その命を果たしに行かねばならぬ」

「壱岐守さまの命ですか……」

「善吉、青山美濃守さまの役宅を見張っている者たちのもとに、ひとっ走り、行ってくれぬか」

「お安い御用ですよ」

うれしげに善吉がいった。

「それで殿さま、明屋敷番の仲間たちに、あっしはなにを知らせればよろしいんですか」

「今から俺がいう場所に、久保寺弥一、柳谷巨摩造、柏木佐知の三人を連れてきてほしい」

隼兵衛は、渋谷村の詳細な場所を善吉に伝えた。

「わかりましたよ、殿さま」

あたりに響く声で善吉がいった。

「その渋谷村の等仙寺《とうせんじ》というお寺の裏手に、弥一たち三人を連れていけば、よろしいのですね」

「そうだ。俺はこれから渋谷村に向かう。善吉、頼んだぞ」

「はい、お任せください」

胸を叩いて善吉が請け合った。

「殿さまは、もしかして一人で渋谷村に行かれるんですか」

「そのつもりだ」

「さようですか。それで仲間に殿さまの言葉を伝えたあと、手前はどうすればよろしいんですか」

「おぬしも渋谷村に来てくれ」

「承知しました。まさかと思いますが、殿さま、斬り合いになるなんてことはありませんよね」

「うろんな者どもがまことにひそんでおれば、斬り合いになるかもしれぬ」

ひっ、と善吉が喉を鳴らす。

「殿さま、前にも申し上げましたけど、手前はやっとうのほうは、からっきし駄目なんですよ……」

「もし斬り合いになったとしても、善吉は加勢せずともよい。隠れておれ」

「ああ、それでよろしいのですね」

ほっとしたように善吉がいった。

「うむ、それでよい」

どのような敵があらわれようと、自分が叩き潰してやるという思いで隼兵衛は一杯だ。

「では殿さま、今から仲間たちのところに行ってまいりますよ」

元気のあり余った声とともに、善吉が走り出した。

隼兵衛は、あっという間に遠ざかっていく善吉の姿を見送った。

——あの足の速さは、やはり明屋敷番ならではなのだろうな。

すぐさま隼兵衛は、旗丘家の五人の家臣に向き直った。

「おぬしらは、このまま屋敷に戻ってくれ」

「はっ、わかりました」

若党の江藤《えとう》紀一郎《きいちろう》が、どこか寂しげに答えた。旗丘家の家臣にもかかわらず、これから役目に赴こうとする隼兵衛の役に立てないことに、申し訳なさを覚えているような顔つきである。

確かにこのまま紀一郎たちを帰すのはもったいないな、と隼兵衛は思った。

――いずれ紀一郎たちも鍛え上げ、明屋敷番としての働きをしてもらうことになるかもしれぬのだし……。

闘争の戦力にならない善吉を入れても配下が六人しかいないのでは、公儀の転覆を企む者どもに抗しきれぬのではないか、という危惧が隼兵衛にはある。あまりに心許ないではないか。

――俺を入れても、たった七人。これではどうにもならぬ。もう少し人数がほしいところだな。

江戸の南北の町奉行所では、町奉行の家臣が内与力《うちよりき》として働いている。それと同じ形に持ってこられぬものか、と隼兵衛は考えている。

――とにかく、紀一郎たちを鍛え上げ、明屋敷番としてどれだけやれるものか、しかと見極めなければならぬ。

話はそれからだろう。早く人数を増やしたくて気が急《せ》くが、いま焦ったところでどうにもならない。

――やれることから、手をつけていくしかあるまい。とりあえず今日は、紀一郎だけを渋谷村に連れていくか。

旗丘家累代の家臣である紀一郎は、なかなかの剣の遣い手であり、機転も利く。明屋敷番調役の内与力のような立場の者として、使っても構わぬのではないか。

——きっと壱岐守さまも、お許しくださるであろう。

「紀一郎——」

考えをまとめた隼兵衛は、静かに呼びかけた。はっ、と答えて、紀一郎が隼兵衛を見つめる。

「一緒に渋谷村に行くぞ」

「えっ、まことですか。殿さま、よろしいのですか」

喜色を浮かべて紀一郎がきいてきた。

「うむ、ついてこい」

隼兵衛は、残りの供の者に目を当てた。もう一人の若党に槍持ち、草履取り、挟み箱持ちの四人である。

「俺は、紀一郎とともにこれより渋谷村に向かう。吟五郎《ぎんごろう》、気をつけて帰れ」

もう一人の若党に隼兵衛は申しつけた。

「はっ、承知つかまつりました」

山羽《やまは》吟五郎というのが、もう一人の若党の名である。三つ年上の紀一郎を見て、少しうらやましそうにしている。

――吟五郎も、いずれ紀一郎と同じように明屋敷番として使えるようにせねばならぬ。

「殿さま、どうか、お気をつけて」

隼兵衛を見つめて、吟五郎が小腰をかがめた。

「うむ、よくわかっておる」

吟五郎たちに深く顎を引いてみせた隼兵衛は、紀一郎をうながして道を足早に歩きはじめた。

三

肥《こえ》のにおいが強い。

風が吹き渡っても、そのにおいは流されない。

むしろ、新たなにおいが運ばれてくるような感じで、ここまで強い肥のにおいは、江戸市中で暮らしていると、まず嗅ぐことはない。

同じ江戸といってもずいぶんと田舎なのだな、と隼兵衛は思った。

――渋谷村は、確か朱引内《しゅびきうち》だったな。

ということは、町奉行所の管轄内なのだ。

だから渋谷村も江戸市中ということになるが、あたりは畑ばかりで、その中に百姓家や疎林が散見される程度でしかない。

――やはり鄙《ひな》びているな……。

そんなことを思いながら歩き進んだ隼兵衛の瞳に、三町ばかり先に建つ寺の本堂らしい屋根が映り込んだ。

――等仙寺だな。

遠目で見ても、なかなかの巨刹に思える。

あれが等仙寺だとすると、と隼兵衛は足早に歩きつつ考えた。

――うろんな者どもが潜伏しているという家は、すでにかなり近くなっているのだな。

隠れ家が近づいてきたといっても、隼兵衛は緊張していない。気持ちはいつもと同様に平静を保っている。

これは、と隼兵衛は考えた。撓る剣の持ち主と二度にわたって真剣でやり合い、さらに君之丞とも真剣で戦った経験が大きいのではないか。

君之丞と戦わざるを得なかったのは隼兵衛にとってこれ以上ない痛恨事ではあるものの、少なくとも、真剣での戦いの場数を踏んだことにはなるのだ。押し込みの者とも真剣でやり合った。

今の太平の世で、四度も真剣を手にして戦ったことがある者など、そうはいないのではないか。

明屋敷番調役となるための最後の試験とも知らず、五人の配下と命を懸けて戦ったことも入れれば、実に五度も真剣での戦いを経験したことになる。

――こうして心が何事もなく凪《な》いでいるのも、当たり前ではないか。

隼兵衛はさらに歩を進めた。

――その隠れ家に、撓る剣の持ち主はいるのだろうか。

いてくれ、と隼兵衛は願った。今度こそ決着をつけるのだ。

――必ずや倒してやる。

隼兵衛は胸に戦意の炎を燃え立たせた。

――紀一郎は大丈夫だろうか。

気持ちを平静なものに戻して隼兵衛は、前を行く紀一郎の背中に眼差しを注いだ。

紀一郎の足取りは軽く、緊張の色は全身にあらわれてはいないように見える。存外に落ち着いているようだ。

「紀一郎、そろそろだぞ」

隼兵衛が厳しさをにじませた声をかけると、はっ、と答えて紀一郎が振り返った。

「承知しております」

声音は穏やかそのものではあるものの、紀一郎の顔がわずかにこわばっているのを隼兵衛は認めた。

——無理もあるまい。

なんとしても隼兵衛の役に立ちたいとの気持ちは強いのだろうが、これから真剣を用いての戦いになるかもしれないのだ。

やる気があっても、真剣での戦いは体がついていかない場合がほとんどであろう。思う通りに動けるようになるのは、何度か場数を踏んだのちではないか。

いくら紀一郎が剣を遣えるといっても、これまでの人生において真剣を交えて戦ったことは、一度もないはずだ。

しかも、この先どんな相手が待ち構えているかもわからないのである。緊張するなというほうが無理な話だ。

——もし紀一郎を死なせてしまったら……。

一瞬、紀一郎を連れてきたことを隼兵衛は後悔した。

——いや、ここで悔いたところで仕方あるまい。

すぐに隼兵衛は思い直した。

——もしなにが起きようとも、紀一郎は俺が守ってみせる。二十五の若さで、死なせるわけにはいかぬ。

意を新たにした隼兵衛はさらに歩き続けた。

やがて、等仙寺の本堂がのしかかるように大きく見えてきた。

——ふむ、まことに広大な寺なのだな。

中根壱岐守によれば、等仙寺の裏手から少し離れたところに、うろんな者どもがひそんでいるかもしれぬ家があるとのことだ。目印となるのは、ひときわ高い一本松という。

隼兵衛と紀一郎は、城の大手門を思わせる山門の前にいったん立ち、方角を見定めてから再び歩きはじめた。

境内を囲む築地塀《ついじべい》に沿って足を進める。

二度、築地塀の角を左に折れると、等仙寺の裏手に出た。

人一人が通れるほどの狭い道が、さらさらと音を立てて流れる小川沿いに走っている。

くに利かないのだ。

「ここからでは一本松すら見えぬな」

道に立ち、隼兵衛は寺の裏手側の風景を眺めたが、目の前に林があり、見通しはろくに利かないのだ。

「はい。そこの林が邪魔になっており、家らしいものは見えませぬ」

「よし、紀一郎、行くぞ」

小川をひらりと飛び越し、隼兵衛は林に入り込んだ。

紀一郎があわてついてくる。

林を抜ける寸前に足を止め、隼兵衛は前方に目を向けた。

「あれだな」

半町ほど先に、生垣で囲まれた家が望める。家の横に一本松がそそり立っている。

用材として、家はどうやら焼杉が使われているようだ。それが日光を浴びているためか、家は黒さが際立っているように見える。

――黒い家か。

隼兵衛は軽く息をついた。

「かなり大きな家ですね」

黒い家に目を据えて、紀一郎がいう。

「敷地だけで千坪は優にあろうな」

隼兵衛はすぐさま同意してみせた。

生垣の向こう側に広がっているらしい庭には、まだ植えられてから間もないのか、楓《かえで》や桜らしい若木が目につく。

「家自体、百坪ほどの建坪がありそうだ。かなりの分限者《ぶげんしゃ》の持ち物ではないかな」

「それがしもそう思います」

——あの家の持ち主はいったい誰なのか。いや、その前に、あの家にうろんな者どもがまことにひそんでおるのか。

あれだけの広さがあるのなら、二、三十人なら楽々と収容できそうだ。

隼兵衛は、今すぐにでも黒い家を調べたいとの衝動に駆られた。

明屋敷番調役を拝命した今も忍び込みに関しては素人でしかないが、配下の中で唯一の女である柏木佐知に、忍びの技を習っている最中だ。

佐知はもともと忍びの家筋の者で、女忍びとして父親に鍛えられてきたという。その忍び込みの技を買われ、中根壱岐守に明屋敷番に抜擢《ばってき》されたらしい。

忍びの家筋ならば、佐知が十字手裏剣の手練というのも納得できる。

隼兵衛はこの十日ばかり、佐知にみっちりと手ほどきを受け、忍び込みの技を身につけつつあるのだ。

だが、いくら忍び込みが形になってきつつあるといっても、ここで逸《はや》ってよいことはなさそうだ。

もし単身、忍び込むような真似をすれば、三人の配下を善吉に呼びに行かせた意味がなくなってしまう。

――配下たちが到着するのを待つしかあるまい。

決して下手《へた》を打つことはできない。万全を期すのである。

「紀一郎、ほかの者たちが来るまで楽にしておれ」

隼兵衛は、気負いを隠せずにいる若党に命じた。

「はっ、わかりました」

はきはきとした口調で答えたが、紀一郎は姿勢を崩すことなく、椚《くぬぎ》らしい木の陰に直立したままだ。

その姿を見て、隼兵衛は内心で苦笑を漏らした。

――いかにも紀一郎らしいな。まあ、したいようにさせておけばよかろう。

背筋を伸ばし、隼兵衛は黒い家を改めて眺めた。

家にはなんの動きもない。人のものらしい気配も感じ取れない。

――半町を隔てているせいで、なにも感じぬのか。
今はなにもせず、三人の配下がこの場にやってくるのをひたすら待つことしか、隼兵衛にできることはなかった。

四

風がやんだ。
肥のにおいがわずかに弱まったような気がする。
つと隼兵衛は、背後に密やかな気配が漂ったのを感じた。
――配下が到着したか。
そっと振り返り、隼兵衛は薄暗い林の中を見やった。
四つの人影が、音もなく近づいてくる。先頭にいるのは善吉である。
――ほう、善吉も足音を消せるのか。
これは正直、意外だった。
――明屋敷番だけに、善吉なりに鍛錬を積んでおるのだな。
すぐに四人が隼兵衛のそばに立った。善吉以外の者は、久保寺弥一、柳谷巨摩造、柏木佐知の三人だ。

「よく来てくれた」

隼兵衛は笑みを浮かべて三人を見た。それから善吉に目を転じた。

「善吉、道に迷わなかったか」

「幸いにも迷いませんでしたよ。こうして三人を無事に送り届けることができて、手前はほっとしています」

少し疲れたような顔で善吉がいった。

「よくつとめを果たしてくれた」

「三人を道案内してきただけで褒められるのなら、手前は何度でもやりますよ」

久保寺弥一が足を踏み出し、隼兵衛の間近にやってきた。丁重に挨拶してから、紀一郎に目を向ける。

「こちらのお方は」

「ああ、そうであったな」

隼兵衛は、すぐさま三人の配下に紀一郎を紹介した。

「今はまだおぬしらのような働きはできぬが、いずれ町奉行所の内与力のような者に育てようと思っている」

「ああ、それはいい考えだと思います」

弥一が賛意をあらわした。

「久保寺もそう思うか」

「はい。我らの手が足りぬのは明白です。一人でも遣い手が加わってくれたら、ありがたいことこの上ありませぬ」

「江藤紀一郎どのは遣い手なのですか」

これは巨摩造がきいてきた。少し不審そうな顔つきである。

「かなり遣えるぞ」

隼兵衛はにやりとしてみせた。

「お頭ほどですか」

「いや、さすがにそれはないな」

「それを聞いて安心しました」

巨摩造が小さな笑みを浮かべた。

「お頭ほどの遣い手が二人もいては、空恐ろしい気がしましたので……。では、安心して後ろを任せてもよろしいのですね」

「もちろんだ。紀一郎は神天陰流《しんてんかげりゅう》という流派の免許皆伝だ」

「聞いたことはありませぬが、強そうな流派ですね」

「紀一郎と立ち合うと、ときに俺も辟易《へきえき》させられることがあるからな」

「それはすごい」

巨摩造の紀一郎を見る目が少し変わった。

佐知が前に出てきた。黒い家に目を向ける。

「お頭、あの家がそうですか」

うむ、と隼兵衛はうなずいた。

「動きは」

「今のところ、なにもない」

「確かに静かですね」

つぶやくようにいったのは巨摩造である。

「うむ、あの家から人気《じんき》はまるで感じられぬ」

隼兵衛のかたわらで善吉も真剣な目で家を見ている。善吉は中間の形をし、弥一たち三人はいずれも町人の恰好《かっこう》をしている。

隼兵衛は、善吉以外の三人がどういう素性の者で、どこに住んでいるのかろくに知らない。

——明屋敷番の組屋敷がどこかにあるのだろうか。

だが、それも隼兵衛は耳にしたことはない。

隼兵衛にわかっているのは、柏木佐知が忍びの家筋の娘ということだけだ。

だがその佐知にしても、どの忍びの家筋なのかというのは不明だ。明屋敷番は伊賀《いが》者《もの》の役目となっているから、伊賀者なのかもしれない。

ただし、明屋敷番に甲賀者《こうがもの》や根来者《ねごろもの》が任命されることも十分にあり得る。

配下たちは、隼兵衛が元書院番で、今も番町に屋敷を構えていることは知っているはずである。

今はまだ全員の出自はわからぬが、と隼兵衛は思った。

——ときがたてば、それもはっきりするだろう。

となると、と隼兵衛は今さらながら思いが至った。

——番町の屋敷も、いずれ引っ越さねばならなくなるかもしれぬな。

番町はその名の通り、書院番や小姓番、大番などの将軍警護を任とする番衆が住まう町なのだ。

明屋敷番も呼称に番がつくとはいえ、将軍警護を役目とはしておらず、番衆の一員ではない。

——住み慣れた屋敷を離れ、どこかよその屋敷に移ることになったら、きっと絹代は悲しむであろうな。

正直、隼兵衛も引っ越しなどしたくはない。だが、上から命があれば従うしかない。

ふう、と隼兵衛は腹に息を入れた。

——だが、今はそんなことを考えている場合ではない。

軽く頭を振って、隼兵衛はしゃんとした。

いま隼兵衛の目に入っているのは、黒い家以外には百姓家に畑、疎林である。渋谷村といっても赤坂にほど近く、遠くに建ち並ぶ赤坂の町屋の屋根がいくつも望める。どこからか、鶏の鳴き声がのどかに聞こえてきた。

いつしかまた風が吹きはじめていたが、隼兵衛たち六人が身をひそめる雑木林にはほとんど吹き込まず、あたりは木々の発するかぐわしい気に満ちている。

肥のにおいはほとんどしておらず、隼兵衛はそのことにありがたさを覚えた。

「あの家に、まことに青山美濃守さまのかどわかしを図らんとしている者がひそんでいるのでしょうか」

黒い家から目を離さずに弥一がいった。

「それはまだわからぬ。——よし、おぬしらが来た以上、もはや待つ意味はない。今からあの家を調べに行くぞ」

はっ、と弥一たちが声をそろえた。

「久保寺、柳谷、柏木。おぬしらはあの家の裏手に回れ」

弥一の目をじっと見て、隼兵衛は命じた。

「はっ」

弥一がかしこまって答える。

「久保寺、配置についたら合図をくれ」

はっ、と弥一が低頭する。

「よし、行け」

林をあとにした弥一たち三人が畦道《あぜみち》に出て、黒い家をめがけて歩き出した。三人とも決して急がず、渋谷村に遊山《ゆさん》にやってきた町人のような風情を醸し出している。

やがて左手に見えている疎林に入り込んだようで、三人の姿がかき消えた。あの疎林を抜けていけば、人目につくことなく黒い家の裏手にまちがいなく行ける。

さすがだな、と隼兵衛は感心した。すぐにも弥一から合図があるだろう、と思い、林からじっと動かずにいたが、なかなかそれらしい音が聞こえてこない。

――おかしいな、なにかあったのだろうか。

けている。

隼兵衛の胸は騒いだ。どうしたのかといいたげに、紀一郎も黒い家のほうに目を向
だが、すぐに蛙《かえる》の声が隼兵衛の耳に届いた。配置についたという合図だ。

「紀一郎、行くぞ。善吉はここで待っておれ」

「わかりました。おとなしくしております」

すぐさま林を出た隼兵衛と紀一郎は畦道を通り、黒い家にまっすぐに近づいていった。

黒い家に近づくにつれ、胸がどきどきしてきた。

隼兵衛と紀一郎は慎重に黒い家に近づいていった。生垣に設けられた枝折戸《しおりど》を入り、そこから黒い家にさらに近寄る。

戸口に立ち、中の気配を探る。

――ふーむ、誰もおらぬようにしか思えぬ。

隼兵衛は指笛を短く鳴らした。これが踏み込む際の合図である。

「紀一郎、俺から離れるな」

「はっ」

その返事を聞いて隼兵衛は、引手に当てた手に力を込めた。心張り棒などはかまさ

れておらず、がたん、と音を立てて戸が横に滑っていく。

暗い土間が目に入る。

いつでも刀を引き抜ける体勢を取って、隼兵衛は土間に踏み込んだ。間髪を容れずに紀一郎が続いた。

隼兵衛めがけて躍りかかってくる者はいない。家の中はがらんとしていた。

隼兵衛は拍子抜けした。

――ふむう、これは案の定というべきなのか……。

家は広く、いかにも奥行きがありそうだが、この家に人がいるとは、隼兵衛にはとうてい思えなかった。

裏手からも、弥一たちが踏み込んだ気配が伝わってきた。

気を緩めることなく隼兵衛は紀一郎を従えて、奥に向かって進んでいった。

やはり誰もいない。調度の類《たぐい》も置かれていない。隼兵衛は台所をじっくりと見たが、ここ最近、飯が炊かれたり、調理が施されたりした形跡はなかった。

この家は長いこと無人だったのではないか、と隼兵衛は思った。

「お頭――」

左側の部屋から、巨摩造の声が聞こえてきた。隼兵衛は紀一郎を従えるようにして、台所から廊下に上がり、巨摩造のいる部屋に入った。

そこは、畳敷きの八畳間である。ずいぶんと埃《ほこり》がたまっているのが、足裏の感触から知れた。

「お頭、これをご覧ください」

巨摩造の前に、がっしりとした感じの文机《ふづくえ》があった。その上に、半畳ほどの大きな紙がのっていた。

一枚ではなく二枚のようだ。

「その二つの紙はなんだ」

巨摩造の横に立った隼兵衛は、文机の上の二つの紙を見つめた。

「どうやら、どこかの屋敷の見取り図と、大名行列の詳細が描かれた絵のようです」

腰をかがめて、隼兵衛は大名行列の詳細を描いたほうの絵を手に取ってみた。

「この大名行列は青山美濃守さまではないか。この駕籠《かご》に描かれた無字銭の家紋は、青山家のものであろう」

「確かに……」

巨摩造が同意してみせる。

「となると、この屋敷の見取り図は――」

もう一枚の絵を目の前にかざし、隼兵衛はじっと見た。

「これは、青山美濃守さまの役宅なのではないか。うむ、まちがいなかろう。この二枚の絵は、両方とも青山美濃守さまに関することが描かれているようだ」

これは容易ならぬ、と隼兵衛は思った。

——この家には、青山美濃守さまを狙う者たちがいたとしか考えられぬ。

しかし、とすぐに隼兵衛は思った。

——なにゆえ、青山美濃守さまを狙っているのだと、あからさまにわかる物を残していったのか。

急に踏み込まれて証拠を隠滅する暇もなく逃げ出したのなら、それもわからないでもない。だが、この家を半刻《はんとき》近くにわたって隼兵衛は見ていたが、その間、人の出入りは一切なかった。それは断言できる。

隼兵衛には、これだけの証拠となる物を残していく理由がわからなかった。

——それとも、俺たちがやってくることを知り、あわてふためくことになったのか。

だが、それでも二枚の絵を持ち去るくらいのときはあったのではないか。

なんとも釈然としない思いを抱きつつ、隼兵衛は二枚の絵を丁寧に畳み、懐にしまい込んだ。

「ほかに、うろんな者どもにつながるような手がかりはないか」

家の中を見回っている弥一と佐知に、隼兵衛は声をかけた。

「いえ、ありませぬ」

「なにも見つかりませんでした」

弥一と佐知が隼兵衛のそばにやってきた。

「この家の持ち主が誰なのかを示す物も残されておらぬのだな」

「はい、なにもありませぬ」

「家の中はきれいなものです」

どうやら、と隼兵衛は思った。いま自分の懐にしまわれている二枚の絵図が、この家に残されていたすべてのようだ。

——ここの持ち主については、あとで調べるしかないか。いや、渋谷村の名主の家に寄っていくか。

それがよかろう、と隼兵衛は判断した。名主の家には人別帳《にんべつちょう》があるはずだ。それを見れば、この家の持ち主が誰なのか、一目で判明するはずである。

これから渋谷村の名主を訪ねる旨を、隼兵衛は弥一たちに告げた。

戸口を出る前に隼兵衛たちは、あたりに目を配った。

怪しげな者が誰もいないことを確かめてから、弥一、佐知、隼兵衛、紀一郎、巨摩造の順で黒い家をあとにする。

わずかに肥のにおいが漂う中を数歩、進んだとき隼兵衛は、背後に不穏な気配を感じた。なんだ、と振り返ると、家の屋根から黒い人影が飛び降りてきたのが見えた。

明らかに賊とおぼしき者は、黒装束に身を包んでいる。

青空に浮かび上がるような一筋の白い筋を隼兵衛ははっきりと見た。黒装束の賊が手にしている剣が、日の光を映じているのだ。

——あやつだ。

悟った隼兵衛はすぐさま刀を抜いた。

黒い家の屋根から跳躍したのは、例の撓る剣の持ち主である。

撓る剣の持ち主は、最後尾にいる巨摩造を狙っていた。

巨摩造は、まだ狙われていることに気づいていない。

「柳谷っ」

巨摩造に向けて隼兵衛は怒鳴った。同時に走り出す。

隼兵衛の声で、巨摩造があわてたように頭上を見る。巨摩造に撓る剣が振り下ろされる。

間に合わぬ、と隼兵衛は愛刀の長船景光《おさふねかげみつ》を引き抜きながら思った。

だが、いち早く体を返した紀一郎が抜き打ちざま、撓る剣に向かって刀を振り上げていった。

それを目の当たりにして、おっ、と隼兵衛は瞠目した。

紀一郎とは思えない早業である。

——紀一郎は、いつの間にこれほどの技を身につけたのか。

びしっ、と鋭い音が立ち、巨摩造に届かんとしていた撓る剣が弾かれた。

紀一郎は恐れ気もなく踏み込み、巨摩造に向かって振るわれた撓る剣を、刀で弾き返してみせたのだ。

敵が着地し、すぐに体勢をととのえて撓る剣を構えた。

右足を前に出し、半身になって右手だけで持った剣の剣尖を前に突き出すという、例の構えである。左手は体の陰に隠れ、隼兵衛からは見えない。

「紀一郎、下がっておれ」

叫んだ隼兵衛は紀一郎の前に出て、撓る剣の持ち主と対峙した。撓る剣の持ち主と戦ったことのない紀一郎では、下手をすると殺られてしまうかもしれない。

長船景光を正眼に構えた隼兵衛は身じろぎ一つせずに、一間ほど先に立つ、撓る剣の持ち主を凝視した。

忍び装束で包まれた全身は、いかにもしなやかそうだ。忍び頭巾からのぞいている両眼は澄みきった沼の水のように青い。

――南蛮人は碧眼《へきがん》とは聞いていたが、ここまで鮮やかな青とは……。

その目が隼兵衛をじっと見ている。憎しみがこもった瞳だ。

無理もあるまい、と隼兵衛は思った。

――こやつは、南蛮ではおそらく無敵を誇った腕だろう。それが不意を突いたにもかかわらず、つい十日ばかり前に俺に撃退されたのだからな。

自尊心を傷つけられたのは疑いようがなく、おのが誇りを取り戻そうと必死になっているにちがいないのだ。

――ここで雌雄を決するつもりか。

とにかく復讐心に燃えているのは疑いようがないところだろう。

「来いっ」

隼兵衛は、撓る剣の持ち主にいった。

「来なければ、こちらから行く」

宣するや隼兵衛は地を蹴った。

撓る剣の持ち主の右肩がわずかに動いた。その次の瞬間、撓る剣が突き出されてきた。隼兵衛の顔をまっすぐ狙っている。

——そう来るだろうことは、端《はな》からわかっていたぞ。

心中で撓る剣の持ち主に告げて、隼兵衛は首を傾けた。ひゅんと風切り音を残し、左耳をかすめるようにして撓る剣が通り過ぎていった。

撓る剣の持ち主は必殺の突きをかわされた直後、すぐに右手をぐいっと内側にねじった。その動きだけで剣は撓り、隼兵衛の首に刃が巻きつこうとした。

その攻撃を、隼兵衛は頭を下げることで避けた。

——これもわかっておったぞ。

猪突《ちょとつ》の勢いで隼兵衛は敵の間合に踏み込んだ。同時に長船景光を振り下ろしていく。

撓る剣の持ち主はかがみ込むことで、長船景光の斬撃をかわした。手元に引き戻した撓る剣を、下から振り上げてくる。目にもとまらぬ早業だ。

撓る剣が隼兵衛の胴を捉えようとした。体をひねることでその攻撃をよけ、隼兵衛は長船景光を撓る剣の持ち主に向かって落としていった。

撓る剣の持ち主は長船景光をかわそうとして横に跳んだ。

隼兵衛の斬撃は滑らかに変化し、撓る剣の持ち主の左肩を狙った。

地面に着地した男はまだ完全には体勢を立て直しきれていない。

長船景光の斬撃はしなやかに伸び、撓る剣の持ち主の左肩に吸い込まれていく。

隼兵衛は、撓る剣の持ち主を容赦なく斬る気でいる。ここで殺しておかないと、次にまたこちらの命を狙ってくるだろう。災いの芽を、今ここで摘んでしまうのだ。

殺った、と隼兵衛は確信した。

だが、驚いたことに長船景光は空を切ったのだ。

撓る剣の持ち主が、斬撃の速さに合わせるようにして背中をぐにゃりと折り曲げ、のけぞることで隼兵衛の斬撃をかわしてみせたのである。

——なんたる身のこなしか。

隼兵衛は長船景光を手元に引きつつ、目をみはるしかなかった。このよけ方を隼兵衛が見るのはこれが二度目だが、撓る剣の持ち主の体の柔らかさは、信じがたいものがある。

それでも、隼兵衛はこんなことで撓る剣の持ち主を討つことをあきらめる気はない。

膝を折って身を低くした隼兵衛は、長船景光を胴に払っていった。

それを避けるために、撓る剣の持ち主は背後に跳んだ。

隼兵衛はすり足で踏み込み、撓る剣の持ち主を追いかけた。間合に入れるや、袈裟《けさ》懸《が》けに長船景光を振るっていった。

撓る剣の持ち主はとんぼを切ることで、隼兵衛の斬撃を楽々と避けた。

——なんと。

瞠目《どうもく》しかけたが、隼兵衛はさらに撓る剣の持ち主を追った。

だが、いずれの斬撃も空だけを切った。何度かとんぼを切ることで、撓る剣の持ち主は隼兵衛の間合からものの見事に外れていったのだ。

撓る剣の持ち主が駆け出す。一瞬で生垣を乗り越えた。

——追いつけぬか。

思いながらも隼兵衛は撓る剣の持ち主を追いかけた。枝折戸を抜けて道に出、すぐに走り出す。

弥一や巨摩造、佐知、紀一郎も隼兵衛のあとに続いている。

道脇に立つ一本松を背にして、つと撓る剣の持ち主が立ち止まった。忍び頭巾からのぞく目が爛々《らんらん》と光り、隼兵衛をぐっとにらみつけている。

隼兵衛は意外な思いにとらわれた。

——なにゆえこやつは立ち止まったのだ。なにか罠《わな》でも仕掛けてくる気なのか。

隼兵衛は慎重に、撓る剣の持ち主との間合を詰めていった。

弥一や巨摩造、佐知、紀一郎もじりじりと近づいて、撓る剣の持ち主を包囲していく。

隼兵衛を含め五人の手練に囲まれて、撓る剣の持ち主の逃げ場は、もはやどこにもないように見えた。

——さて、どうする。観念するか。

隼兵衛が心中で語りかけたとき、撓る剣の持ち主が、だん、と力強く地を蹴った。背後の松の木に向かってひらりと跳躍する。一気に、一丈ほどの高さにある枝に立った。

おう、と隼兵衛は声を漏らした。

撓る剣の持ち主が松の枝にとどまっていたのはほんの一瞬に過ぎず、見えない梯子《はしご》があるかのように、松の木の上まで一気に駆け上った。

今や五丈ほどの高さにおり、そこから隼兵衛たちを見下ろしてくる。

無言の気合をかけて、佐知が十字手裏剣を撓る剣の持ち主に向けて投げつける。

十字手裏剣が黒装束に届く寸前、撓る剣の持ち主が松の枝を蹴った。十字手裏剣はむなしく宙を飛び去った。

撓る剣の持ち主はむささびのように空を舞い、黒い家の屋根に飛び移った。屋根に足が着いた音はほとんど立たなかった。

――まことに忍びのような男ではないか。

隼兵衛は驚くしかない。撓る剣の持ち主の姿は、隼兵衛の視界から次の瞬間、消え失せていた。

黒い家の生垣を回り込んで、弥一たちがなおも撓る剣の持ち主を追おうとする。

「やめておけ」

冷静な声で隼兵衛は命じた。

「しかし……」

足を止めた弥一が、なにゆえ、という顔を向けてきた。巨摩造と佐知、紀一郎も目を大きく開いて隼兵衛を見ている。

「もはや追いつけぬ。やつの逃げ足の速さは、俺のほうが知っている」

自分以外の者が戦っても、危ういだけではないかとの思いが隼兵衛にはある。弥一たちや紀一郎に無理はさせたくない。

撓る剣の持ち主が戻ってこないことを悟った隼兵衛は、長船景光を鞘におさめた。弥一たちも隼兵衛にならう。

──やつは俺たちを、いや、俺をこの家で待ち構えていたのか。

ならば、と隼兵衛は思った。

──壱岐守さまに文を出したのは、南蛮の者に意を通じた者ということになるな。俺をおびき出そうとしたのだろうか。

それしか隼兵衛には考えられなかった。

「お頭、これからどうしますか」

隼兵衛のそばに寄って巨摩造がきいてきた。

「渋谷村の名主のところに行きますか」

「うむ、行こう」

隼兵衛は巨摩造にうなずいてみせた。

「撓る剣の男に襲われた今、この家の持ち主が誰か是非とも知りたい」

「では、まいりましょう。名主の家の場所は、人にきけばわかりましょう」

黒い家を離れた隼兵衛たちは太い道に出た。籠を担ぎ、鍬を手にしている一人の農夫が道をやってきた。

すぐに佐知が農夫に近づき、名主の家の場所をきいた。顔のしわを深め、農夫が丁寧に教えてくれる。

ありがとう、と明るい声でいって、佐知が隼兵衛のもとにやってきた。

「名主の家は、ここから五町ほど西に行ったところにあるようです」

「そうか」

隼兵衛たちは足早に道を歩き出した。

四町ほど進んだところで、それらしい屋敷が小高い丘の上に見えてきた。

屋敷には長屋門がついている。門は名字帯刀が許された者だけに認められている。

今は大きく開かれていた。

隼兵衛たちは、いかにも富裕さを漂わせている立派な門をくぐった。

大勢の小作人らしい者たちが、敷地内に座り込んで、なにやら作業をしていた。

母屋の濡縁に座し、帳面を見ていた男が隼兵衛たちに気づいた。帳面を濡縁に置くや立ち上がって小走りに近づいてくる。

「あの、なにか御用でしょうか」

少し息を弾ませて、三十過ぎとおぼしき男がきいてきた。

男の前に進み出た隼兵衛は、まず身分を告げた。

「明屋敷番さまでございますか」

驚きの目で男が隼兵衛を見る。明屋敷番という役目に就く者に会うのは、これが初めてなのかもしれない。

　この男に限らず、と隼兵衛は思った。これから同じ表情を、俺は何度も見ることになることになろう。

「明屋敷番とは、その名の通り、空き屋敷や空き家に妙な者が入り込んでおらぬか、調べることを役目としている」

「ほう、さようにございますか」

　関心ありげな目で、男が隼兵衛を見る。

「その役目で、我らはこちらにやってきた。名主どのにお目にかかりたいのだが、おられるか」

　隼兵衛はここに来た用件を告げた。

「あの、申し訳ございません」

　男が小腰をかがめた。

「父はいま出かけております。戻りは夕方になるのではないかと思います」

　済まなそうに男がいった。

「ふむ、戻りは夕刻か。――おぬしは、名主どのの跡取りなのだな」

「はい、さようにございます」

控えめな口調で男が答えた。

「斉之助《さいのすけ》と申します。どうぞ、お見知り置きを」

「俺は旗丘隼兵衛という」

――ならば、せがれどのに話を聞くしかあるまい。

隼兵衛は軽く咳払《せきばら》いをした。

「では、名主どのの代わりにおぬしが答えてくれるか。ここから五町ほど東にある黒い家についてだ。どの家のことをいっておるか、わかるか」

「はい、よくわかります。手前どもも黒い家と呼んでおりますので……」

「そうだったか」

うなずいた隼兵衛はすぐさま問うた。

「あの家は空き家らしいが、うろんな者がひそんでいたという風聞がある。その者たちについて、おぬし、なにか知らぬか」

「えっ、うろんな者ですか」

斉之助が意外そうな顔になる。

「いえ、そのような者がいたなど、聞いたことがございません。初耳でございます……」

「うろんな者どもを見かけたという者はおらぬか」

斉之助が首をかしげる。

「小作人からもそのような話は、一度も聞いたことがございません。村人たちも、そのようなことは噂《うわさ》しておらぬと思います」

ふむ、といって隼兵衛は少し間を置いた。

――もしあの家にうろんな者がひそんでいたというなら、確かに村人たちのあいだで噂にならぬほうがおかしい。

いくらひそみ方が巧みだったとしても、村人の目はごまかせないのではないか。

――ということは、壱岐守さまに届いた文というのは、やはり俺をおびき出すための策だったのか。

顔を上げた隼兵衛は、斉之助に新たな問いをぶつけた。

「あの家の持ち主は誰だ。この村の人別帳は、こちらの名主どのが所持しているのであろう。その人別帳には、あの家の持ち主が記載されているのではないか」

いいえ、と斉之助がかぶりを振った。

「人別帳を見るまでもありません。あの家の前の持ち主は、日本橋にあった商家です」

「今、前の持ち主といったか」

「はい、申し上げました。その商家は、とうにあの家を手放しております。五年前ほど前のことだったと存じます」

「今の持ち主は誰だ」

隼兵衛は鋭くきいた。はい、と少し驚いたように斉之助が身を引いた。

「今はご公儀のものになっているはずです」

なにっ、と隼兵衛は思った。

「公儀のものだと」

隼兵衛は瞠目せざるを得ない。どういうことだ、と心中で首をひねった。

「ですので、人別帳に持ち主の記載はございません」

「公儀の誰が手に入れたというのだ」

気を取り直して隼兵衛はきいた。

「いえ、そこまでは存じません。申し訳ありません」

下を向き、隼兵衛はしばし考えた。

――まさか、公儀に裏切り者がいるのではなかろうな。いや、そうかもしれぬ。だとしたら、これは容易ならぬことだ。

胸中でうなり声を発した隼兵衛は、背筋を伸ばして斉之助を見つめた。

「おぬしの父親ならば、黒い家のしかとした持ち主を知っているかな」

「いえ、存じていないと思います。黒い家の今の持ち主がご公儀とはどういうことだろう、と父も不思議がっておりましたので……」

「公儀のものになったことを、おぬしらは、どうやって知ったのだ」

「日本橋の商家が手放して数ヶ月のちに、一人のお武家がこの家にいらっしゃいました。そのお方が、あの黒い家は公儀のものになったとおっしゃいました」

その侍は何者だ、と隼兵衛は思った。

「その武家は名乗ったり、身分を告げたりはしなかったか」

「名乗りや身分については、なにもおっしゃいませんでした。立派な身なりからして身分の高いお方であるのは、まちがいないと思うのですが……」

「おぬし、その侍の顔を覚えているか」

自信なさそうに斉之助が顔をしかめる。

「左の頬にあざがあったのだけは、覚えてはおりますが……」

左の頬にあざか、と隼兵衛は思った。

「人相書を描くのに力を貸してもらえるか」

隼兵衛はすぐさま申し出た。

「それは無理だと思います」

情けなさそうに斉之助が首を横に振った。

「実をいいますと、そのお武家のお顔は、あざ以外、もうほとんど覚えていないのでございます。道ですれちがえば、あざを見て、このお方だとわかるとは思うのですが……」

そうか、と隼兵衛はつぶやいた。

「その侍は供を連れていたか」

「一人、連れていらっしゃいました。いかにも、どこにでもいる中間という感じでございました」

うむ、と隼兵衛はうなずいた。

——その中間の顔も、覚えておらぬのであろうな。あざのある侍については、これで打ち切りだな。

「ところで、日本橋にあった商家というのはなんというのだ」

隼兵衛は、頭に浮かんだ問いを発した。

「菊坂《きくざか》屋さんという酒問屋でございます」

「その菊坂屋は、今も日本橋にあるのか」

「それがなくなってしまったのでございます」

哀れみの色を面に出し、斉之助がいった。

「どういうことだ。潰れたのか」

「おっしゃる通りでございます」

沈痛な顔で斉之助が首肯する。

「菊坂屋さんは上方の酒でなく、下野国《しもつけ》にある蔵元が主な仕入れ先だったそうでございます。その蔵元が醸す酒が江戸の町人たちの評判になりまして、引く手あまたになったそうでございます」

「ほう、そうなのか」

隼兵衛はすでに酒をやめたが、うまい酒と聞くと、まだ喉がきゅんと鳴る。そんなに評判の酒ならば、一度は飲んでみたかったな、と思った。

「その下野国の美酒のおかげで菊坂屋さんの商売は順調だったそうなのですが、あるときその蔵元が火事で全焼してしまい、その上、肝心要の杜氏《とうじ》さんも焼け死んでしまったそうなのでございます……」

「それは不幸な……。火事になったその蔵元はどうなった」

「潰れてしまいました。それでもすぐに再建されたのですが、その再建費用のほとんどを出したのが菊坂屋さんだったのです。しかし、元の建物が全焼したことと、腕のよい杜氏さんを失ったことで、蔵元は以前の味を取り戻せませんでした。そして、菊坂屋さんからはお客が徐々に離れていき、商売は先細っていったそうでございます」

「それで行き詰まった菊坂屋は、あの黒い家を手放すことになったのか」

隼兵衛は納得した。

「その後、菊坂屋はどうした」

「潰れてしまいました。一年半ばかり前のことだったと思います」

残念そうに斉之助がいった。

「おぬし、菊坂屋の家人や奉公人の消息を聞いたことはないか」

「消息でございますか。いえ、存じません」

そうであろうな、と隼兵衛は思った。村に別邸があった程度では、大した付き合いをしていたとは思えない。

「先ほど日本橋といったが、菊坂屋が店を構えていた場所をおぬし、存じているか」

「はい、存じております。手前もお酒が大好きでして、評判のお酒を飲みたいと思い、何度か自ら足を運んだことがございますので」

菊坂屋があった詳しい場所を、斉之助がすらすらと述べた。

それを隼兵衛は頭に叩き込んだ。

──斉之助にきくべきことがまだあるかな。

隼兵衛は自らに問うてみた。だが、頭に浮かぶ疑問はなにもなかった。

口を引き結んだ隼兵衛は弥一たちに目を向けた。

「よし、千代田城に戻るぞ」

斉之助に丁重に礼をいって体を翻した隼兵衛は、目の先に見えている長屋門に向かって歩きはじめた。

五

七つの鐘が鳴った。

──もうそんなになるのか。

書院番をつとめているときは、こんなに早く時が過ぎることはなかったような気がする。

足早に歩きつつ隼兵衛は、目の前まで迫った千代田城の大手門を眺めた。

大手門は傾いた日の光を浴びて、橙色《だいだい》に染まっている。

歳《とし》を取ると、一日がたつのがあっという間のような気がしてならない。

——いや、一日だけではないな。歳を取るごとに一月、一年がとんでもなく早くなっていく。

これはどういう仕組みなのだろう、と考えながら、隼兵衛は足早に大手門に近づいていった。

——青山美濃守さまは、とうに役宅に戻られただろうな。

いま隼兵衛は一人である。

弥一や巨摩造、佐知は美濃守の老中役宅の監視につくように命じたのだ。紀一郎とは、先ほど下乗橋の前で別れた。

大手門をくぐった隼兵衛はいくつかの門を抜けて、大玄関に達した。

そこで雪駄《せった》を脱ぎ、係の者に長船景光を手渡した。殿中は太刀を帯びて歩くことは許されていない。

脇差のみを腰に差し、隼兵衛は廊下を歩き出した。

本丸の殿中に入った隼兵衛は、大目付の詰所である芙蓉間の近くまで行った。そこに、大目付づきの茶坊主たちが控えている部屋がある。

襖は開いていた。数人の茶坊主が畳に座し、ひそひそと顔を寄せ合って話しているのが見えた。

隼兵衛がやってきたのを認めて、一人の茶坊主が立ち上がり、敷居際に立った。

隼兵衛は、その茶坊主に足早に近づいた。

「これは旗丘さま」

茶坊主が挨拶してきた。

「杢栄《もくえい》どの」

杢栄は、隼兵衛目当ての中根壱岐守づきの茶坊主である。

「旗丘さま、壱岐守さまに御用でございましょうか」

「お目にかかりたいのですが、取り次ぎをお願いできますか」

「承知いたしました。旗丘さま、しばらくこちらでお待ちください」

どこか小ずるいような笑みを浮かべた杢栄が、廊下を挟んだ向かいの間を指さした。

そちらは襖が閉じられている。その部屋が無人なのは気配から知れた。

「わかりました」

うなずいた隼兵衛は、部屋の襖を開けた。

中は六畳間で、調度の類は一切、置かれていない。わずかにかびたようなにおいが漂っていた。

襖は閉めず、隼兵衛は部屋のやや隅のほうに端座した。

隼兵衛に頭を下げて、杢栄が廊下を去っていく。

待つほどもなく、杢栄が戻ってきた。

「旗丘さま、壱岐守さまがお目にかかるそうでございます」

「かたじけない」

杢栄に連れていかれたのは、今朝、中根と会った八畳間である。

隼兵衛が今朝と同様に端座していると、すぐに中根が顔を見せた。

「旗丘、首尾はどうであった」

襖を閉めるやいなや、挨拶も抜きに中根がきいてきた。

どういうことがあったか隼兵衛は中根に委細を告げ、懐から青山美濃守の役宅の見取り図と登城時の行列の絵図を提出した。

中根がその二つに目を落とす。いかにも真剣な表情である。

「これらが、渋谷村の家に残されていたというのか」

「はっ」

ふむ、と中根が声を漏らした。

「これらは意図して残されたとしか思えぬな」

「それがしも同じ考えです」

「これらを、どういう意図があって残したのか……」

軽く首をひねった中根が面を上げ、隼兵衛を見た。

「旗丘、しかもまた撓る剣の持ち主があらわれたのだな」

「はっ。まるで我らがあの家にやってくることをあらかじめ知っていたかのようなあらわれ方でした」

一息にいって、隼兵衛は少し間を置いた。

「撓る剣の持ち主が、待ち構えていたというのか」

つぶやいて中根が考え込む。

「となると、うろんな者どもが渋谷村の家にひそんでいたのはまことかもしれぬな。しかし、それだと、役宅の絵図面と行列の絵が家に残された意味がわからぬ……」

「壱岐守さま。渋谷村のあの家の持ち主は判明したのでしょうか」

隼兵衛は新たな問いを発した。

「いや、まだだ。今のおぬしの話では、公儀の持ち物になっているとのことであったな」

「はっ。渋谷村の名主のせがれ斉之助は、そう申しました」

「ふむ、頬にあざのある身分の高そうな武家が名主の家にやってきて、公儀のものになったと告げたということであったな」

「おっしゃる通りです」

「公儀の持ち物になったというのがどういうことなのか、今のところ、わしにもさっぱりわからぬ。渋谷村の家については、配下にさらに調べさせよう。旗丘――」

はっ、と隼兵衛は答えた。

「これから青山美濃守さまの役宅に赴き、おぬしも警護につくのだ。役宅の見取り図などが残されていた以上、青山美濃守さまの警護を緩めるわけにはいかぬ。むしろ、強めなければなるまい……」

それについては隼兵衛も同感である。

「旗丘、青山美濃守さまは、おぬしらに警護されていることを、今も感づいておられぬのだな」

「はっ、そのはずです」

その点について、隼兵衛には自信がある。

いま隼兵衛たちは、青山美濃守の陰警護をつとめているのだ。

中根の命を受けて警護をはじめてから、今日で十日がたった。

その間、美濃守の身にはなにも起きていない。役宅を見張っていて隼兵衛が妙な気配を感じることもない。

いかにも平穏そのものである。

老中をつとめる家だけに、美濃守には大勢の家臣がいる。

だが、撓る剣を操る者が襲いかかってきたとき、青山家の家臣たちが果たしてどれだけ戦えるものか。

おそらく、と隼兵衛は思う。自分たちの助勢がない限り、なすすべもなくばたばたと討たれてしまうのではないか。

そんな危惧が隼兵衛にはある。

八畳間を出て中根と別れ、隼兵衛は殿中を歩いた。

大玄関のところで長船景光を返してもらう。それを腰に帯びて大玄関を出た。

大手門を抜け、下乗橋のところで紀一郎と会った。

「紀一郎、ご苦労だった。今日はもう屋敷に戻り、体を休めてくれ」

「はっ、わかりました」

隼兵衛を見て紀一郎が首を縦に振った。

「殿は、これから青山美濃守さまの役宅に行かれるのですね」

「そうだ。絹代に、今夜も帰れぬ旨を伝えてくれるか」

「承知いたしました」

「では紀一郎、気をつけて戻れ」

「殿もお気をつけてください」

うむ、と隼兵衛は顎を引いた。すぐさま袴の裾を翻し、美濃守の老中役宅のある大名小路を目指して歩き出す。


隼兵衛は足を止めた。

美濃守の役宅から半町ほどのところまで、すでにやってきている。

――やはり美濃守さまの家中の遣い手は、相当の業前《わざまえ》なのだな。

だいたいいつもこのあたりまで来ると、体を圧してくるような重苦しい気を、隼兵衛は感じるのだ。

その遣い手は石羽《いしば》冶五郎《やごろう》という小姓頭であるのは、まずまちがいない。青山家きっての遣い手として名が知られている男だ。

登城時の行列で美濃守の乗物のすぐ近くにいる四十前後とおぼしき男が、冶五郎どのであろうと隼兵衛は見当をつけている。

治五郎は、烏《からす》の群れにいる鶴のように、一人だけ目立っているのだ。

──下手をすれば、我らは石羽どのに気配を気取られかねぬな。

治五郎が、それだけの腕を持っているのは確かである。

もし治五郎が気づいたからといって、いきなり斬りかかってくるようなことはないだろうが、陰警護ということで、できるならば治五郎にも覚《さと》られたくはない。

明屋敷番の者たちは、いま美濃守の役宅の敷地内に忍び込んでいる。

縁の下や庭の木々の陰、庭石の陰などに身をひそめているのだ。

隼兵衛も青山美濃守の役宅に入り込み、明屋敷番としての役目をこなしたいが、忍び込みの技はいまだ修練が十分でなく、下手をすれば、治五郎に気配を感づかれる恐れがある。今は自重するしかない。

結局、隼兵衛は、いつもの辻番所《つじばんしょ》におさまることにした。

また世話になる、と中に詰めている辻番の年寄りに断ってから障子を開け、板壁で外から見えないように仕切られた奥の間に入った。

座布団に端座する。

この座布団は、辻番の郡治《ぐんじ》という年寄りが供してくれたものだ。

座布団を使わない武家はいまだに少なくないが、せっかくの厚意を無にするのも悪い気がし、隼兵衛はありがたく使わせてもらっている。

座布団があるとないとでは、座っていて大ちがいである。いくら端座に慣れているといっても、足が痛くならないのは、ありがたいものだ。

隼兵衛は、美濃守の役宅近くにあるいくつかの辻番所に話をつけてある。

夜明け前に、弥一たちも他の辻番所にそれぞれおさまることになっているのだ。

大目付の命により老中青山美濃守の警護をしていることを伝えた上で、辻番たちにはいくばくかの金をやってある。

隼兵衛たちのことを誰にも口外せぬことを、どの辻番も誓った。

もともと辻番は武家だった年寄りがほとんどで、隼兵衛たちに合力を惜しむ者は一人もいなかった。

「お茶を召し上がりますか」

通りとじかに面している間にいた郡治が、奥の間の隼兵衛のもとに、薬缶《やかん》と湯飲みを持ってきた。

「かたじけない」

郡治の注いでくれた茶を、感謝の意を告げて隼兵衛は喫した。

苦みだけがやたらに強い茶だが、それが意外にうまいのだ。

この辻番所で隼兵衛は、郡治とともに夜を明かすつもりでいる。

六

なにかが、はばたいている。

はっ、として隼兵衛は目を覚ました。

――しまった、寝てしまった。

隼兵衛はほぞを噛《か》んだ。すぐに背筋を伸ばし、青山美濃守の役宅へと眼差しを向ける。

あたりはまだ暗く、役宅は闇に沈んでいるようだ。

刻限は七つくらいだろうか。あと一刻ほどで、明るくなってくるのではないか。

空には、おびただしい星が瞬いている。東の空に目をやってみたが、白みを帯びてはいなかった。

青山屋敷は静謐《せいひつ》を保ったままだ。

――ふむ、俺が眠っていたあいだ、なにもなかったようだ。

そのことに隼兵衛は胸をなで下ろした。

だがもし居眠りをしているあいだに、と隼兵衛は考えた。

――例の撓る剣の持ち主があらわれたら、俺はどうなっていただろう。抗することなどまるでできず、あっさりと殺られていたにちがいない。それを思うと、ぞっとする。

昨日の撓る剣の持ち主との戦いの疲れもあって、だらしなく眠り込んでしまったのだろうが、こんな油断は命取りになる。

二度と同じことをせぬようにしなければ、と隼兵衛は自らを戒めた。

それにしても、と思った。

――さっきのはばたきのような音はなんだったのだろうか。

聞き覚えのない音だった。

もしかすると、と隼兵衛は思った。裏手に建つ屋敷の庭に住みついているむささびの類だろうか。

むささびが別の枝に飛び移った際のはばたきが、耳に届いたのかもしれない。

ふと、仕切りとなっている板壁の向こうから、いびきが聞こえてきた。

辻番所の奥の間に座している郡治が、眠り込んでいるようだ。

立ち上がった隼兵衛は、そっと障子を開けた。郡治は口からよだれを垂らして、こっくりこっくりしていた。

手ぬぐいを使い、隼兵衛は郡治の口を拭いた。ぐっすりと眠っている郡治は、それでも目を覚まさなかった。

――これだけ眠りが深いとは。うらやましいな。

明屋敷番を拝命してから、隼兵衛は眠りが浅くなったのだ。

――やり甲斐は感じているが、職責の重みに耐えきれぬのか……。

そうではなく、と隼兵衛は思った。

――単に、仕事が変わったせいか。この役目に慣れたら、前のように眠れるようになるかもしれぬ。

隼兵衛は、道に面した側の間に戻った。昨晩の四つ刻に、郡治と場所を入れ替わったのである。

不意に隼兵衛は空腹を覚えた。絹代がつくった朝餉《あさげ》が目の前にあれば、どんなにうれしいだろう。

しかし今は絹代の朝餉は我慢するしかない。

鐘の音が響いてきた。

あれは、と隼兵衛は思った。七つを告げる鐘だろう。

となれば、美濃守の役宅の者たちの目につかないように、配下たちはひそんでいた場所を抜け出しはじめたはずだ。役宅の塀を越えて、おのおの所定の辻番所に身を寄せる手はずになっている。

明るくならないうちに辻番所に移動するよう、隼兵衛は命じてあるのだ。

昼間のあいだは距離を置いて見張り、日が暮れたらまた美濃守の役宅に忍び込み、近くで警護をするのである。

辻番所におさまったら、美濃守が千代田城に出仕する五つ半まで眠るようにいってある。

その間は、隼兵衛が責任を持って見張るのだ。配下たちには、安心して眠るようにいってある。

隼兵衛はさも辻番のような顔をして、通りに面した間に座している。

こうしていると実に平和で、今日もなにも起きそうもないように思える。

だが、青山美濃守を狙っている者は確実にいるのだ。

――しかし、腹が減ったな。

一応、元卓丸《げんたくがん》という携行食を佐知からもらっている。

元卓丸は握り飯ほどの大きさで、これを一つ食べれば、二刻以上は腹が保つという代物である。

白米や蕎麦《そば》粉、梅干し、朝鮮人参、蜂蜜などが原料に用いられ、それらを酒で瓶《かめ》に漬け込む。酒がすべて乾くまで置いたのち、瓶の底に残ったものを丸めると、元卓丸の出来上がりだそうだ。

戦国の昔、忍びには飢渇丸や兵糧丸という携行食があったと聞いているが、元卓丸もそれと似たようなものだろう。

元卓丸を一つ食べれば、確かに空腹は満たされるのだが、正直、味がいいとはいえない。

できれば、隼兵衛は元卓丸を口にしたくはない。

腹が空いてどうにもならなくなったら、食することにしよう、と心に決めた辻番所に座して隼兵衛は、美濃守の役宅に注意を向け続けた。

そうしているうちに空腹がさらに募ってきた。同時に、ほんのわずかにあたりが明るくなったのを感じた。

六つの鐘が鳴りはじめた。

あたりはさらに明るくなってきた。目の前の道を行く者が増えてくる。

——そろそろ六つ半だろうな。

さすがに観念して元卓丸を食べるか、と隼兵衛が思ったとき、いきなり善吉の顔がぬっと眼前にあらわれた。

一瞬、隼兵衛はぎくりとした。

——この俺に気配を悟らせずに近づけるとは、やはり善吉とはただ者ではないのではないか。

「——殿さま」

善吉がひそめた声で呼びかけてきた。

「どうした、善吉、なにかあったのか」

すぐさま立ち上がれる姿勢を取って、隼兵衛は善吉にたずねた。

「壱岐守さまがお呼びです」

「壱岐守さまが……。千代田城に行けばよいのか」

「はい、それでよろしいのではないかと思います」

「壱岐守さまがなんの用事か、善吉は知らぬのだな」

「はい、知りません」

善吉が胸を張って答えた。

「わかった。——善吉、辻番所に詰めている五人に、俺は一足早く千代田城に行くことになったと伝えてくれぬか」

「ああ、いえ、壱岐守さまによれば、千代田城に来るのは青山美濃守さまのご登城の際でよい、とのことです」

「ああ、そうなのか。わかった」

　隼兵衛は善吉に合点してみせた。

——ならば、千代田城に行く前に、腹ごしらえをしておくか。そのほうがよかろう。

　隼兵衛は懐から紙包みを取り出した。

「あっ、それはもしや元卓丸ですか」

　紙包みに目を当てて、善吉が弾んだ声を発した。

「ああ、そうだが」

「殿さまは、もしや今から元卓丸を召し上がるんですか」

「そのつもりだ……」

「あの、殿さま、手前にも一つ、元卓丸をいただけませんか」

「それはかまわぬが——」

隼兵衛は善吉の顔をまじまじと見た。

「おぬし、元卓丸が好きなのか」

「ええ、大好きですよ」

顔をにっこりとさせて善吉がいった。

「元卓丸はとてつもなくうまいですからね。そんなことをきくなんて、もしや殿さまは好物ではないんですか」

「うむ、好きとはいえぬ」

「えっ、そうなんですか」

善吉が信じられないという顔をする。

「元卓丸ほどおいしいものは、この世にあまりありませんよ。せいぜいが、みたらし団子くらいでしょう」

「そ、そうか」

隼兵衛はみたらし団子は大の好物で、茶店に入ったとき、三本入りの皿を三皿ばかり注文することがあるくらいだ。

——元卓丸とみたらし団子では、比べものにならぬと思うが……。

人それぞれ舌の出来は異なるということだろうが、それでも元卓丸がうまく感じるとは信じがたいものがある。

　──しかし、善吉は好きで食べたいというのだからな。

　紙包みを開いた隼兵衛は、善吉に元卓丸を取るよう勧めた。

「では、遠慮なくいただきます」

　うれしそうに笑《え》んだ善吉が手を伸ばし、元卓丸をそっとつかむ。

「ああ、こいつはうまそうだなあ」

　立ったまま善吉が元卓丸をほおばった。

「ああ、やっぱりうまいなあ」

　元卓丸を咀嚼《そしゃく》した善吉が、感極まったような声を上げた。

「では、俺もいただくとするか」

　隼兵衛も元卓丸を手に取り、食した。

　相変わらず苦みがきつい。隼兵衛は顔をゆがめたくなったが、善吉の前でそんな表情をするのはこらえた。

　──おや……。

　それでも元卓丸を咀嚼しているうちに、苦みがさほど気にならなくなってきた。

　一人で食べるのとは異なり、善吉と一緒だと、不思議なことに元卓丸の味が少しだけまろやかになったように感じられた。
——元卓丸に限らず、人と一緒に食べたほうがやはりうまいということだな。
隼兵衛はそのことを改めて実感した。

第二章

一

朝の四つ前に役宅を出た青山美濃守の行列を陰で警護しつつ、隼兵衛は善吉とともに千代田城に向かった。

昨日の登城時の行列を描いた絵のこともある。隼兵衛は一瞬たりとも気を緩めなかった。

幸い、青山美濃守に襲いかかる者はなく、行列は無事に千代田城に着いた。

そこまで見届けた隼兵衛は配下たちに断って、殿中に入った。芙蓉間のそばにある八畳間で中根に会う。

「旗丘、高階君之丞の死について、おぬしにこれから目付による取り調べが行われる」

会うなり中根がいった。

「えっ、これからですか」

不思議なことに、この十日のあいだ隼兵衛に対する目付衆による事情聴取はなかったのだ。

「なにゆえこれほど遅かったのでしょう」

「わしがちと裏から手を回し、すぐにはおぬしに話が来ぬようにしたのだ」

えっ、と隼兵衛は意外な思いにとらわれた。

「壱岐守さまは、なにゆえそのようなことをされたのです」

責めているわけではなく、隼兵衛はただ理由を知りたかった。

「おぬしに冷静さを取り戻してほしかっただけだ」

つまり、と隼兵衛はその中根の言葉の意味を考えた。

――君之丞が自死した直後、もし目付の事情聴取を受けていたら、頭に血が上っていた俺はなにを話すかわかったものではなかったということか。

撓る剣の持ち主のことも、ぺらぺらとしゃべっていたのではないか。

隼兵衛は吐息を漏らした。中根の厚意に感謝した。

「よいか、旗丘。知っていることを、嘘偽《うそ》りなく話すようにせよ」

　中根が厳しさをにじませた口調でいった。

「はっ、承知いたしました」

　隼兵衛ははっきりと答えた。

「ただし、明屋敷番の真の役目についてはなにもいわぬでよい」

　釘を刺すように中根がいい、言葉を続ける。

「公儀内でも、明屋敷番の真の役目は公になっておらぬ。そのような秘密の役目ゆえ、口にする必要はない。わかるな」

「はっ。壱岐守さま、異国の剣を操る者に襲われた件については、答えてもよろしいのでしょうか」

「きかれなければ、答える必要はない」

「承知いたしました」

「では旗丘、行ってまいれ。じき、この部屋の外に迎えの者が来るであろう。終わったら、ここに戻ってこい。わしは待っておるゆえ」

　中根が立ち上がり、襖を横に引いた。隼兵衛は廊下に出た。

　中根のいう通り、二人の侍が廊下を滑るようにやってくるのが見えた。二人は隼兵衛のそばで立ち止まり、暗い目で見つめてきた。

——この二人は徒目付《かちめつけ》だな。

徒目付は、目付の手足となって働くことが多いのだ。

「旗丘隼兵衛どのでござるか」

左側に立つがっちりとした体つきの男が確かめてきた。

「さよう」

隼兵衛は静かにうなずいた。

「では旗丘どの、我らと一緒にいらしてくだされ」

「承知しました。——では壱岐守さま、行ってまいります」

中根に頭を下げてから、隼兵衛は二人の徒目付とともに殿中を歩いた。

連れていかれたのは、目付部屋近くの六畳間である。

三方が漆喰《しっくい》の壁となっており、唯一の出入口となっているのはがっしりとした板戸だ。板戸が閉まったらどこからも光が入り込まない部屋は、隅に行灯《あんどん》が灯されているとはいえ、陰にこもったような重苦しい雰囲気を漂わせていた。

隼兵衛が中に入ると、徒目付がすぐに板戸を閉めた。二人の徒目付は隼兵衛の聴取が終わるまで、門番のように外に立っているのだろう。

広いとはいえない部屋に、目付とおぼしき二人の侍が座していた。

右側に座る痩身の侍が鈍い光をたたえた目で、隼兵衛を見つめてくる。

「それがしは目付の大岩伊豆守《おおいわいずのかみ》である」

痩身の侍が低い声で名乗った。

「こちらは同役の元川内膳《もとかわないぜん》どのである」

固太りの男を大岩が紹介した。

「それがしは旗丘隼兵衛と申します」

頭を下げ、隼兵衛も名乗りを上げた。

「そちらにお座りなされ」

大岩にいわれ、隼兵衛は畳に端座した。

「旗丘どのには、自害してのけた高階君之丞のことについて話をききたい。よろしいか」

「はっ、どうかご存分に」

答えて隼兵衛は居住まいを正した。

「なにゆえ高階君之丞がおぬしを襲ったのか、その理由を話してほしい」

さっそく大岩がいってきた。

「理由についてはわかりませぬ。それがしこそ、是非とも知りたいと思っています」

平静な声音で隼兵衛は答えた。

「自死してのける前に、なにゆえおぬしを襲ったのか、高階君之丞はなにもいわなかったということか」

「はい、なにも申しませんでした」

隼兵衛は明快にいい、言葉を続けた。

「君之丞には、なにか深い理由があったとしか思えませぬ。最後に会ったときも、なにか浮かぬ顔をしていましたが、それがしを襲うことがそのときすでに決まっていたからではないかと思います」

「最後におぬしが高階君之丞に会ったのはいつのことだ」

「二月ほど前のことだと思います。それがしはまだそのとき書院番をつとめており、桐嶋《きりしま》という麹町《こうじまち》にある料亭で、君之丞と二人きりで飲みました。その晩が、襲われる前に君之丞と会った最後です」

その後、先に桐嶋を出た隼兵衛は押し込みの八人を退治することになったのだ。運命を変えた晩である。

「その桐嶋という料亭にいるとき、高階君之丞はおぬしを斬ろうとは思わなかったのだろうか」

大岩がさらにきいてきた。

「思わなかったのではないかと存じます。あの晩、君之丞はかなり飲みました。もしその気があったのでしたら、あれだけ飲むような真似はせぬのではないかと……」

「酒を存分に飲むことで、おぬしを襲わねばならぬ気持ちの憂さを晴らしていたのかな」

そうかもしれぬ、と隼兵衛は目を閉じて思った。

「高階君之丞とおぬしは、三十年来の付き合いだったそうだな」

新たな問いが耳に入り込み、隼兵衛は目を開いた。

「さようです。互いに同じ番町《ばんちょう》で育った幼馴染《おさなじ》みです」

「それがおぬしを襲ったのか」

「はい。正直、信じられぬ出来事でした」

「高階君之丞とおぬしとのあいだで、諍《いさか》いはなかったか」

「一度もありませぬ」

大岩を見据えるようにして隼兵衛はいった。

「旗丘どのを襲うに当たり、高階君之丞が何者かに命じられたというようなことはないか」

隼兵衛は首を縦に動かした。

「おのれの意に染まぬことを何者かに命じられたゆえに、君之丞は悩みに悩んでいたのかもしれませぬ。その上、君之丞は剣の遣い手でしたから、その何者かがそれがしの刺客に選んだという考え方もできます」

「高階君之丞が遣い手だといっても、おぬしに匹敵する腕ではあるまい」

「そのことは君之丞もわかっておりました。それがしを襲ったとき、不意を突くしか勝てぬと申していました」

「高階君之丞は不意を突いたにもかかわらず、おぬしを討てなかったのだな。——旗丘どの」

声を改めて大岩が呼びかけてきた。

「おぬしは書院番を罷免され、今は明屋敷番調役だそうだな。その罷免に高階君之丞が関わっているようなことはないのか」

あり得るな、と隼兵衛は思った。

——いや、そのことこそが君之丞が俺を狙った理由だろう。

隼兵衛が明屋敷番調役になることがほとんど確実視されていたからこそ、それを嫌った南蛮と関係している者に、君之丞は隼兵衛の息の根を止めるように命じられたに相違あるまい。

――俺が明屋敷番調役になることを事前に知っていた者がおり、その者が南蛮に関係している何者かに漏らしたということか。

やはり、と隼兵衛は思った。

――公儀内には裏切り者がいる。しかも、それは高位の者ではないか。

「ないと思います」

顔色を変えることなく隼兵衛はいった。

「それがしが書院番を罷免されたのは、押し込み一味の首領を過って殺したことに起因いたしますので……」

「そうらしいな」

大岩が納得したような声を出した。

「おぬしの腕なら、押し込みどもすべてを生きて捕らえることができたのに、首領を殺してしまうとは何事か。これがおぬしが書院番を罷免になったわけと聞いた」

「はい、おっしゃる通りです」

しばらく大岩と元川はなにもいわず、隼兵衛を見つめていた。

ふっ、と大岩が息を吐き出し、わかった、と隼兵衛にいった。

「旗丘どの、もし高階君之丞のことで思い出したことがあれば、必ずつなぎをくれ」

「はっ、承知いたしました」

張りのある声でいい、隼兵衛はこうべを垂れた。

「それと、またおぬしをこの場に呼び出すことがあるかもしれぬ。そのときはよろしく頼む」

「わかりました」

「では、役目に戻ってよい」

厳かな口調で大岩が告げた。

これで終わりなのか、と隼兵衛は思った。

――泣く子も黙るといわれる目付の調べにしては、存外にあっけなかったな。

君之丞はなんらかの因縁があって南蛮の者と通じ、それが理由で隼兵衛殺しを命じられることになったのだろう、と隼兵衛は見当をつけている。

だが、その理由はまるでわかっていない。

――もしや家人のことだろうか。

いや、先入主は禁物だ。

とにかく君之丞のことを調べ上げなければならぬ、と隼兵衛は決意した。

二

目付から解き放たれた隼兵衛は廊下に出、中根が待っている八畳間に赴こうとした。

そのとき、廊下の向こう側からやってくる男に気づいた。

「これはお頭――」

足を止め、隼兵衛は頭を下げた。

久岡勘之助《ひさおかかんのすけ》がにこやかに笑う。

「隼兵衛、わしはもうおぬしの頭ではないぞ。しかし隼兵衛、明屋敷番の水が合ったのか、いかにも健やかそうだな。よいことだ」

「お頭もお元気そうでなによりです」

勘之助の顔色は確かによく、つやつやしている。だが、頬のあたりが幾分かこわばっているように隼兵衛は感じた。

常ににこやかな笑みを浮かべている勘之助にしては珍しい。

――なにか気がかりなことでもあるのだろうか。

隼兵衛は思い、その懸念を口にしようとした。だが、その前に勘之助のほうが話し出した。

「そういえば、昨日、巌本《いわもと》に会ってきた。かなりの快復ぶりであったぞ」

「おう、さようですか」

巌本というのは竹之進といい、以前は隼兵衛と同じ書院番だったが、八人の押し込み退治をたった一人でしてのけた隼兵衛が逼塞《ひっそく》という処分を受けたことに憤った際、いきなり殿中で倒れ、今は休職中である。心の臓の病とのことだった。

「お頭がいらしたのならば、巌本さまも喜ばれたでしょう。それがしも近々、巌本さまにお目にかかろうと思います」

久しぶりに竹之進の顔を見たいという思いに隼兵衛は駆られている。

「うむ、それがよかろう」

力強い口調で勘之助がいった。

「巌本はもはや臥《ふ》せることはまったくないようで、散策もよくしているそうだ。そういえば、散策中に隼兵衛に会ったらしいな」

「はい。そのときに巌本さまは、それがしに酒をやめるように忠告してくださいました。その日は四人の人に酒をやめるようにいわれたのですが、巌本さまが最後の四人目でした。巌本さまが、それがしの飲酒にとどめを刺したのです」

「ほう、そうであったか」

勘之助がにこやかに笑った。

「確か、わしも隼兵衛に酒をやめるようにいった一人だったな」

「おっしゃる通りです」

勘之助を見返して、隼兵衛は大きくうなずいた。

「そうか。隼兵衛、酒をやめて調子はどうだ」

「体が軽くなったのはまちがいありませぬ」

「そうか、医者に聞いたのだが、酒は肝の臓に負担を強いるらしい。ほかによくなったところはあるか」

「頭に張っていた蜘蛛《くも》の巣が取れたような気がします」

「まことか」

勘之助がまじまじと隼兵衛を見る。

「それはつまり、頭の働きがよくなったということか」

「はい」

隼兵衛は点頭した。

「このところ、物事を明瞭に考えられるようになってきました。前は人の名がなかなか思い出せず、いらいらしたこともありましたが、今はさしたる苦労もなく、すらすらと出てくるようになりました」

「それはすごいな」

勘之助が感嘆の顔になった。

「そんなに体にも頭にもよいのなら、わしも酒をやめてみるか」

「もしやめられるものなら、そうされたほうがよろしいのではないかと思います」

首をひねって勘之助が隼兵衛を見る。

「酒をやめるのは難しいというが、おぬしは病というわけではないのに、よくやめられたものだ。巌本は病ゆえ、やめざるを得なかったらしいが……」

竹之進も酒を断たなかったら、散策に出られるほどに快復することは、まず叶わなかったであろう。

「隼兵衛、巌本のところには必ず顔を出してやってくれ。頼む」

「はっ、わかりました。必ずまいります」

「巌本も隼兵衛の顔を見れば、なお一層の元気が出るにちがいあるまい」

不意に口を閉じ、まじめな顔になって勘之助が隼兵衛を見つめてきた。

なにか覚悟が備わったような顔つきに見え、隼兵衛は我知らずじっと勘之助を見返した。

しばらく見つめ合う形になったが、やがて勘之助が柔和にほほえんだ。

「もう一度いう。隼兵衛、巌本のところへは必ず行ってくれ。頼むぞ。——隼兵衛、息災に過ごせ」

またも決意を感じさせる顔になった勘之助が、会釈する。

「では隼兵衛、これで失礼する」

「はっ、お頭もお元気でいらしてください。失礼いたします」

隼兵衛が低頭すると、勘之助が足早に廊下を去っていった。

面を上げてその姿を見送ってから、隼兵衛は再び中根に会った。

大岩と元川という二人の目付とどんなやりとりがあったか、詳しく話した。

口を挟むことなく中根は隼兵衛の話を聞いていた。

話の終わりに隼兵衛は声をひそめていった。

「公儀の中に、裏切り者がおります」

「うむ、それはわしも感じておる。調べを進めている最中だ」

「ああ、さようでしたか」

さすが壱岐守さまだな、と隼兵衛は思った。

「壱岐守さま」

顔を上げて隼兵衛は呼びかけた。

「なんだ」

「これから君之丞の墓参りに行きたいのですが、よろしいでしょうか」

「旗丘はまだ行ってなかったか」

「はっ」

明屋敷番調役としていろいろと忙しかったのだ。目が回るような慌ただしさの中でここ十日ばかりを過ごしてきたのである。

「構わぬ、行ってまいれ」

中根が快く許しをくれた。

「美濃守さまが殿中にいらっしゃるあいだ、わしが目を配っておく。旗丘、高階の墓所の場所はわかるか」

「はい、わかります。——壱岐守さまは、君之丞の墓参りに行かれたのですか」

「うむ、数日前に行ってきた」

「あの、なにゆえでしょう。壱岐守さまは君之丞と親しい間柄だったのですか」

「いや、口を利いたこともない。ただ、行けばなにか教えてくれるのではないかな、と思ったのだが、別になにも浮かんでくることはなかった」

「さようでしたか。では、これで失礼いたします」


中根と別れた隼兵衛は大玄関に向かった。

太刀を返してもらい、雪駄を履いて千代田城内を歩く。

足早に大手門を出た。

下乗橋のところで善吉が待っていた。

「殿さま、お出かけですか」

うれしそうに駆け寄ってきた善吉が大声できいてきた。

「うむ、君之丞の墓参りだ」

きーんとなった耳を押さえたくなるのを我慢して、隼兵衛はいった。

「殿さま、どうかしましたか。顔をしかめていますけど……」

「いや、なんでもない。気にするな」

「はあ、それならいいんですが。今から高階さまのお墓に行くんですね。わかりました。では、手前が先導させていただきますよ」

「善吉、先導するのはよいが、君之丞の墓がどこかわかっているのか」

「いえ、さっぱりわかりません。教えてくださいますか」

隼兵衛は善吉に、寺の名と場所を告げた。

「ほう、高階さまのお墓は、芝にあるんですか。ここからだと、けっこうありますね」

「善吉、無理に供につく必要はないぞ。行きたくないのなら、俺だけで行く」

「いえ、いえ、行きたくないなんてことはまったくありませんよ」

唾を飛ばすように善吉がいった。

「なんといっても、れっきとした旗本の殿さまに、供もなく一人で行かせるような真似はさせられませんからね。それに、もし殿さまの身になにかあったら、ことですからね。あっしはそのことを誰かに知らせなければなりませんから、お供につかせていただきます」

——守るためではなく、急を知らせるために供につくのか。

隼兵衛は苦笑せざるを得ない。

「そうか、わかった。善吉、さあ、行こう」

「四の五のいってないで、とっとと案内しろってことですね」

「そんなことは一言もいっておらぬぞ」

「行く先は、芝の信明寺《しんみょうじ》でしたね」

歩き出す前に善吉が振り向いて確認してきた。

「そうだ、信明寺だ」

「わかりました。必ず殿さまをその寺に送り届けてご覧に入れますよ」

「まあ、頼む」

善吉が足早に歩き出す。そのあとに隼兵衛はつき、芝を目指した。


君之丞が死んで、すでに十日が過ぎた。

高階家はとうに取り潰しが決まっている。

高階家の家人や奉公人は目付衆の厳しい取り調べを受けたにちがいない。

隼兵衛としては、高階家をなんとしても守りたかった。

だが、一介の明屋敷番調役の力では、さすがにそれは無理だった。

書院番だった君之丞は隼兵衛に襲いかかり、殺そうとしたのだ。内済でもめ事をおさめようとすることの多い公儀においても、さすがに不問にできようはずもなかった。

その上、君之丞は自死してのけたのだ。その責めは、取り潰しという形でしか負いようがない。

——だが君之丞も、もし俺に返り討ちに遭えば、高階家を取り潰しに追い込んでしまうことはわかっていただろう。それにもかかわらず、実行したのだな……。よほどの理由がなければ、家の存続を賭けることなど、できはしない。

——俺には決してやれぬ。だが、君之丞はやってのけたのだ。君之丞には、いったいどんなわけがあったのだろう。

そのことを隼兵衛は知りたくてならないが、今のところ、まるで見当がつかない。

——家人に話を聞ければ、なにか得ることがあるかもしれぬが……。

もう屋敷を追われているはずの君之丞の妻や子が今どうしているか、隼兵衛はまったく知らない。

奉公人たちは、四散してしまっているのではないか。

家人たちは縁者のもとに身を寄せていよう。

やがて隼兵衛たちは、信明寺に到着した。

「殿さま、ここでまちがいありませんか」

少し疲れをにじませた顔で、善吉がきいてきた。

「うむ、まちがいあるまい」

隼兵衛は、目の前に建つ立派な山門を見上げた。

「善吉、見ろ。そこに信明寺と扁額《へんがく》が掲げられている」

「ああ、本当だ」

山門を見て、善吉が安堵《あんど》の声を漏らす。

「このお寺さんは何宗ですか」

「臨済宗《りんざいしゅう》のようだ。武家の菩提《ぼだい》寺は禅宗が多いからな」

「あれ、禅宗と臨済宗は同じ宗派なんですか」

「禅宗というのは宗派のことを指すわけではない。臨済宗は禅宗の一派だ」

「えっ、ああ、そうなんですか。長年の疑問が解けましたよ」

「善吉は禅宗を宗派の一つと思っていたのか」

「ええ、その通りなんですよ」

「禅宗というと、臨済宗や曹洞《そうとう》宗、黄檗《おうばく》宗が知られているな」

「はあ、三つもあるんですか」

「武家は、臨済宗や曹洞宗が多いようだな。初めて武家の政権をつくった源《みなもとの》頼朝《よりとも》公が鎌倉に幕府を開いて以降、その庇護《ひご》を受けて禅宗は隆盛を迎えたようだ。鎌倉の頃に多くの武家が帰依したことが、今につながっているということであろう」

「ははあ、なるほど」

善吉が納得したような声を上げた。

「このお寺さんにも大勢のお武家の檀家《だんか》がいるからこそ、いくつもの塔頭《たっちゅう》があって、これだけ広い境内を誇っていられるんですね」

「まあ、そういうことになるだろうな」

「殿さま、このお寺さんの向こうに見えている杜《もり》は、なんですかね。ずいぶんと広々としているようですが」

善吉が背伸びをして指をさす方向を、隼兵衛は眺めた。

「あれは増上寺《ぞうじょうじ》だろう」

「増上寺ですか。あっしは一度も行ったことがありませんよ。増上寺も禅宗ですか」

「いや、増上寺は浄土宗だな」

「増上寺は、徳川さまという武家の総大将の菩提寺ですよね。どうして禅宗ではないんですか」

「戦国の昔、神君家康《いえやす》公が駿河《するが》の今川家の人質になっていた頃、いろいろと教えを授けたといわれる雪斎《せっさい》という人は、臨済宗の寺の住職だったから、家康公が臨済宗に帰依されたとしてもおかしくはない」

「はあ、今川家の雪斎和尚……」

善吉は初めて耳にしたような顔だ。

「だが、徳川家ご発祥の地である三河《みかわ》における菩提寺は、浄土宗の大樹寺《だいじゅじ》だ。家康公は禅宗の臨済宗には帰依せず、祖先から受け継いできた宗派を大事にされたのだろう」

「徳川さまのもう一つの菩提寺の寛永寺の宗派はなんですか」

「あそこは東叡山《とうえいざん》というくらいだから、天台宗だな」

「殿さま、ちょっとおたずねしますが、なぜ東叡山と天台宗が結びつくんですか」

「ああ、それは東叡山が東の叡山という意味だからだ」

「じゃあ、西にも叡山があるんですね」

「京の都の東にそびえ立つ比叡山《ひえいざん》だ」

「ああ、比叡山が西の叡山ですか。ええ、比叡山なら聞いたこと、ありますよ。確か、延暦寺《えんりゃくじ》があるところじゃないですか」

「その通りだ。延暦寺は天台宗の総本山だ。寛永寺は天台宗の僧侶で、延暦寺でも修行をした天海《てんかい》という人が開いた寺だから、天台宗が宗派であるのは当然だな」

「この人は家康公よりも年上で、神君のご信頼が厚かったお方だ。日光に神君のご遺骸を移したのも天海和尚だ」

「はあ、天海さんですか」

「はあ、日光ですか。一度、行ってみたいですね。天海さんて今も生きているんですか」

思いもしない問いをぶつけられ、隼兵衛は絶句しかけた。

「いや、もうとっくに亡くなっている……」

「ああ、そうですか。それは残念ですね。そんなに偉いお坊さんなら、会いたかったですよ。——しかし殿さま、寛永寺《かんえいじ》は徳川さまの菩提寺だというのに、天台宗の総本山ではないんですか。先ほど延暦寺が総本山とおっしゃいましたけど」

「どうやら、寛永寺は関東総本山ということになっているようだな」

「関東だけの総本山……」

「延暦寺は、天台宗の開祖である最澄《さいちょう》という偉大な僧侶が平安の昔に開いたお寺だ。寛永寺は徳川家の菩提寺とはいえ、延暦寺のだいぶあとにできたさほど歴史のない寺に過ぎぬ。総本山の名は、やはりふさわしくあるまい」

「なるほど、延暦寺にしてみれば、そんな若僧に総本山の名はやれぬということですね。よくわかりましたよ。殿さま、まことにありがとうございました」

信明寺の門前で善吉が頭を下げてきた。

「なに、礼をいわれるほどのことではない。善吉、さあ、行くぞ」

隼兵衛は、善吉を従えるようにして山門をくぐった。

「しかし殿さま、このあたりは潮のにおいが濃いですね」

「海がすぐそばだからな。浜御殿もこの近くだ」

「浜御殿というと、将軍さまがお成りになる御殿ですね」

「うむ、潮が引き入れられるようになっているらしいな」

「はあ、そうですか。将軍さまは釣りでもなさるんですか」

「するかもしれぬな」

山門を出てすぐの右手に寺務所らしい建物があり、そこで閼伽桶《あかおけ》を借りた。

寺男に墓地の場所をきくと、正面に見える本堂の裏から延びている道があり、そこを行くと墓地に出ます、とのことだった。

隼兵衛と善吉は、寺男にいわれた通りに境内を進んだ。

本堂裏の上り道を行くと、日当たりのよい墓地に出た。数え切れないほどの墓が見渡す限りに並んでいる。

「こいつはまた広い墓地ですねえ」

まったくだ、と墓地を眺め渡して隼兵衛は思った。

「こんなに広いせいなのか、墓参の人の姿がほとんど見えませんねえ」

うむ、と隼兵衛はうなずいた。それでも、どこからか線香のにおいがしてきている。これは墓参の者が来ている証《あかし》であろう。

「ところで殿さまは、高階さまのお墓がどこか、知っているんですか」

「いや、知らぬ」

隼兵衛はかぶりを振った。

「えっ、それは困りましたね。こんなに広い墓場ですから、場所を知らないと行けないんじゃありませんか」

「なに、大丈夫だ。善吉、ついてまいれ」

手招きして隼兵衛は墓地内を歩き出した。はあ、といって善吉が後ろについた。

気持ちの赴くままに隼兵衛は歩を進めた。

こちらではないかと思う角を、次々と曲がった。すると、線香のにおいが段々と濃くなってきた。

――ふむ、君之丞の墓はこのあたりではないか。

そう思いながら角を左に曲がると、五間ほど先に二つの人影があった。その二人の前で、幾筋かの線香の煙がゆったりと上がっている。

「あっ、人がいますよ」

背後で善吉が小さな声を上げた。

――あの二人はまさか……。

むっ、と足を止め、隼兵衛は二つの人影に目を凝らした。

――やはりまちがいない。紀美世《きみよ》どのと銀之介《ぎんのすけ》どのだ。では、あれが君之丞の墓か。

案の定、君之丞は俺を導いてくれたのだな。

ほっと息を漏らした隼兵衛は、再び歩きはじめた。

――だが、なんと声をかければよいものか。

なにしろ隼兵衛の行く手に立っているのは、君之丞の妻と一粒種のせがれである。

まさか二人が来ているとは、隼兵衛は夢にも思わなかった。戸惑いが心を包み込む。

しかし、足を止めるわけにはいかない。

墓の前に立っていた紀美世が、近づいてきた隼兵衛に気づき、あっ、と声を発した。

「失礼いたします」

辞儀し、隼兵衛は紀美世のかたわらに立った。眼前の墓に目を向ける。

「これが君之丞の墓ですか」

隼兵衛は静かな声できいた。

「はい」

か細い声で紀美世が答えた。

「手を合わせてもよろしいですか」

君之丞の墓に目を当てて隼兵衛はたずねた。

「もちろんです」

紀美世が銀之介の手を引いて横にどく。

「ありがとうございます」

礼をいって墓の前に立ち、隼兵衛は合掌した。こうべを垂れ、目を閉じる。

――君之丞、来たぞ。俺が見えているな。

いってみたものの、君之丞から返事はなかった。

――君之丞、なにゆえ俺を襲ったのだ。

それに対しても君之丞は答えなかった。

――君之丞、いったいなにがあった。なにゆえ切なげな顔をしていたのだ。

隼兵衛の脳裏に、胸をひどく締めつけられているような表情をした君之丞の顔が浮かんできた。

——おぬしは明らかに悩んでいた。それなのに、俺は気づいてやれなんだ……。

いや、と隼兵衛は心中でかぶりを振った。

——気づいていたのに、おぬしのためになにもしなかった……。

無理にでも悩みを聞き出していたら、君之丞が死ぬようなことにはならなかったのか。

——君之丞、おぬしに会いたいぞ。会いたくてならぬ。

まぶたの堰《せき》を破って涙が出てきた。頬を伝っていく。ぬぐうようなことはせず、隼兵衛は涙が流れるに任せた。

隼兵衛は両手を合わせたまま、身じろぎ一つしなかった。

涙がいつしか止まっている。隼兵衛は目を開け、合掌を解いた。

それを待っていたかのように、紀美世が声をかけてきた。

「旗丘さま」

顔を向け、隼兵衛は紀美世を見つめた。

「我が殿が、まことに申し訳ないことをいたしました。この通りでございます」

紀美世が深々と腰を折った。

「いや、それはもうよいのです」

本心からいって、隼兵衛は紀美世の顔を上げさせた。

死ぬことで、君之丞はすべてを背負ってあの世に行ったのだ。隼兵衛に、紀美世たちを責める気などまったくない。

銀之介が隼兵衛を見上げている。

銀之介からは君之丞の面影はあまり感じられない。面差しは紀美世によく似ていた。

「銀之介どのはいくつになられた」

腰を曲げ、銀之介と同じ目の高さになって隼兵衛はきいた。

「十歳でございます」

銀之介がはきはきと答えた。

「そうか。大きくなったな」

銀之介がにこりとした。

その笑い方に君之丞の面影がくっきりと浮かび上がり、隼兵衛はどきりとした。また涙が出そうになった。無理に涙をこらえるような真似はせず、隼兵衛はじっと銀之介を見ていた。

涙は少しこぼれただけだ。面を上げ、隼兵衛は紀美世に眼差しを注いだ。

「今どうされているのですか」

隼兵衛は紀美世にたずねた。

「今はまだ屋敷にいます」

そうだったか、と隼兵衛は思った。まだ屋敷を追われてはいなかったのだ。

「でも、数日中には出なければなりませぬ。もう奉公人たちにも暇を出しました」

「屋敷を出たあとは、どうするおつもりなのですか」

隼兵衛はさらにきいた。紀美世が答えに窮したような顔になった。

「ああ、申し訳ない。答えにくいことをきいてしまったようだ」

「ああ、いいえ、そうではありませぬ。困ったと思ったのは、まだなにも決めておらぬからです」

「さようですか」

「おそらく……」

ぽつりという感じで紀美世が口を開いた。

「しばらくは、私の実家に身を寄せることになるのではないでしょうか」

紀美世どのの実家は、と隼兵衛は考えた。旗本の岩科《いわしな》家だったはずだ。家禄は九百二十石で、その家を継いでいるのは紀美世の弟である。

弟は龍之助《たつのすけ》といって、小姓番をつとめている。以前、剣術道場で隼兵衛は一緒だった。

書院番として隼兵衛が千代田城に出仕していたときは、龍之助の姿は城中で何度も目にしたことがある。

――龍之助どのに、紀美世どののことを頼んでおくか……。いや、それは余計なお世話だろうか。

それにしても、と隼兵衛は思った。

――高階屋敷は空き屋敷になってしまうのだ。そうなると、夜間、怪しい者が入り込んでおらぬか、俺たちは高階屋敷を見回ることになろう。この俺が君之丞の暮らしていた屋敷に入り込み、見回ることになるとは……。

幼い頃から数え切れないほど遊びに行った屋敷である。

幼かった時分は思いもしなかった。目を閉じ、隼兵衛は心を落ち着けようとした。

――しかし、ここで紀美世どのと会ったのも、君之丞の導きかもしれぬ。いや、きっとそうであろう。

隼兵衛は意を決した。

「紀美世どの」

はやる気持ちを抑え、隼兵衛はできるだけ優しく呼びかけた。

「はい、なんでしょう」

小首をかしげて紀美世が隼兵衛に眼差しを投げてきた。

「死の直前のことですが――」

隼兵衛は言葉を絞り出すようにした。

「君之丞になにか変わったことはありませんでしたか」

「変わったことですか」

下を向き、紀美世が思案の顔になる。

「いえ、なにも変わったことはなかったと思います」

「さようですか」

隼兵衛は少し間を置いた。

「君之丞に新たに友垣ができたりはしませんでしたか」

新しく君之丞に近づいてきた者こそ、君之丞を操った者にちがいないのだ。

「新たな友垣……」

思い出そうと試みているようで、紀美世が沈思する。

「いえ、いなかったように思います」

「君之丞はなにか思い悩んではおりませんでしたか」

「いえ、私にはなにも思い当たることはありませぬ」

「そうですか」

不意に紀美世が口に手を当てた。苦悶の表情になる。

「どうされた」

「ああ、いえ……」

隼兵衛を見て紀美世が首を横に振った。

「我が殿はきっとなにかに悩んでいたはずなのに、私はなにも気づいていなかったのだな、と思ったら、急に悲しみが……」

紀美世も、隼兵衛と同じ思いを抱いているのだ。君之丞の身近にいた者はすべて、なにも気づかなかったことに苦しんでいる。

死を選ぶような者は、残される者のことを考える余裕がほとんどないのだろう。自分のことで精一杯なのだ。

「長いこと一緒に暮らして、私はあの人のことを解しているつもりでしたけど、本当につもりだけだったのですね。私はあの人のことをなに一つ知らなかった……」

隼兵衛はなんといえばよいのかわからなかった。

「紀美世どの」

口調を改めて隼兵衛は呼んだ。

「もしなにか困るようなことがあれば、遠慮なくいってください。それがしは、できる限りのことはしたいと思います」

「ご厚意、ありがたく存じます」

紀美世が深く腰を折った。

しかし紀美世どのがなにもいってくることはないだろう、と隼兵衛にはわかっていた。おのれの言葉が空虚に響いたのを隼兵衛は強く感じた。

「では、これで失礼します」

隼兵衛は紀美世と銀之介に告げた。実際、長いこと千代田城を留守にはしていられない。

「ありがとうございました」

紀美世が低頭した。隼兵衛の目を打ったうなじの白さが、残された妻子のはかなさをあらわしているように見えた。

「わざわざご足労いただき、我が殿も草葉の陰で喜んでいると思います」

ううっ、と紀美世が嗚咽《おえつ》を漏らした。

「紀美世どの、なにかあれば、遠慮なさらずに必ずつなぎをください」

強くいって隼兵衛は辞儀した。そばにずっと立っていた善吉も、紀美世に向かって丁寧に頭を下げる。

紀美世の嗚咽は続いている。銀之介が紀美世の背中をさすっていた。

——逃げ出すようで悪いが、この場は銀之介どのに任せてよかろう。

「では善吉、まいろうか」

紀美世たちにもう一度、頭を下げた隼兵衛は善吉を連れて歩き出した。

墓地から本堂の裏に出て、山門を目指す。

信明寺の山門をくぐり、道を歩きはじめた直後、隼兵衛は何者かの目を感じた。

むっ、と身構えそうになったが、足を止めることなく足早に道を進んだ。

——もしや、撓る剣の持ち主がまたあらわれたのか。

「殿さま、どうかされましたか」

後ろから善吉がきいてきた。このあたりは相変わらず勘がよく、頼もしさすら覚える。

何者かの目を感じるのだ、と隼兵衛がいおうとした瞬間、眼差しの主が誰かあっさりと判明した。

「旗丘どの――」

道を横切って近寄ってきたのは、岩科龍之助である。紀美世の実の弟だ。

「これは岩科どの」

立ち止まり、隼兵衛は腰を曲げた。

「旗丘どのには道場ではたいへんお世話になったにもかかわらず、無沙汰をしてしまい、まことに申し訳なく思っております」

龍之助の声にも態度にも、隼兵衛に対する害意は感じられない。いかにも久闊《きゅうかつ》を叙するというふうだ。

「こちらこそ、一別以来、岩科どのになんのつなぎもせず、済まなく思っている」

「いえ、とんでもない。旗丘どのが謝られることはまったくありませぬ」

心からそう思っているのは、龍之助の顔つきから知れた。そのことに隼兵衛は安堵を覚えた。

「岩科どの、今日は非番かな」

「ええ。今日は姉上と一緒に義兄上《あにうえ》の墓参りをするつもりでいたのですが、それがしに用事ができてしまい、少し遅れてここまでやってきたのです。そうしたら、山門を抜けてこちらに来られる旗丘どののお姿が見えたゆえ、少し迷いましたが、声をかけさせていただきました」

やはり迷ったのか、と隼兵衛は思った。それも無理はあるまい。龍之助は君之丞の義弟だ。隼兵衛は君之丞が襲いかかった相手だし、君之丞を返り討ちにした男でもある。

それでも、龍之助の説明を聞いて隼兵衛は、そういうことだったか、と合点がいった。しばらく隼兵衛を凝視していた目は、龍之助が迷っていたときのものなのだろう。

「旗丘どの、歩きながらお話を聞きたいのですが、よろしいですか」

龍之助が申し出てきた。

「むろん構わぬ。岩科どの、墓参りはよいのか」

「義兄上の墓参りは、旗丘どのとのお話が終わったあとに……」

「ふむ、そうか。では、少し話そうか」

隼兵衛と龍之助は肩を並べて歩き出した。後ろに善吉がつく。

「旗丘どの、義兄上にいったいなにがあったのでしょう。ご存じですか」

隼兵衛を見つめて龍之助がきいてきた。

「そのことはお目付にもきかれたのだが……」

歩きながら隼兵衛は眉根を寄せた。

「なにゆえ君之丞が襲ってきたのか、俺にはさっぱりわからぬのだ」

「それがしも、お目付に事情をきかれました」

そうであろうな、と隼兵衛は思った。

「旗丘どのと義兄上の仲のよさをよく知っていたそれがしには、義兄上が旗丘どのに斬りかかるなど信じられぬ出来事でしかなく、義兄上がなにゆえそのような暴挙に出たのか、理由は答えられませんでした」

それも無理もあるまい、と隼兵衛は思った。実際、隼兵衛にも謎だらけなのだ。

君之丞が南蛮の者に籠絡されたかもしれぬ、などとは口が裂けてもいえない。その疑いはだいぶ濃いものになっているが、まだ推測でしかなく、確証もつかめていない。軽々に話してよいはずがない。

「済まぬな、なにも役に立てず」

「とんでもない」

歩きながら龍之助が手を振る。

「旗丘どのに時を割いていただき、それがし、感謝しております」

「こちらこそかたじけない」

隼兵衛は頭を下げた。

「いま旗丘どのは明屋敷番調役になられたと聞きましたが、まことのことですか」

「うむ、その通りだ。これも運命だからな、俺はもうすっかり受け容れている。書院番に戻りたいという気持ちはもはやない」

龍之助がまじまじと隼兵衛の顔を見てくる。

「さようですか。押し込みを退治したのに、首領を殺してしまったことで書院番をやめさせられるなど、上の者はなんとひどいことをするものだと、それがしは一人、憤っておりましたが……」

「その気持ちはとてもありがたい。うれしく思う」

照れたように龍之助がうなずいた。

「龍之助どの」

隼兵衛は姓ではなく名を呼んだ。

「はっ、なんでしょう」

かしこまって龍之助がきいてきた。

「紀美世どのと銀之介どののことを、よろしく頼む」

「ええ、よくわかっております」

力強く龍之助が請け合った。

「それがしの姉上と甥《おい》ですから、これからずっと大事に守っていこうと思っております」

「なんともうれしい言葉だな」

龍之助の言葉を聞いて、隼兵衛は安堵の思いを抱いた。龍之助がこれだけはっきりいってくれるのなら、紀美世と銀之介が路頭に迷うというようなことはまずないだろう。

龍之助は嘘をつくような男ではない。安心して紀美世と銀之介の行く末を任せても大丈夫ではないか。

三

昼食後、腹が落ち着いたのを見計らって東《あずま》一之介《いちのすけ》は、いつもの場所にやってきた。道場近くの空き地である。

まわりを武家屋敷や商家の塀で囲まれた五十坪ほどの土地は、一之介の持ち物だ。

ここには最初、若い妻と一緒に住むための家を建てる気でいた。

だがここで一人、刀を振るっているうちにすっかり気に入り、家を建てる気をなくした。

この空き地は人目を気にすることなく、ひたすら刀を振ることに集中できる場所なのだ。

こんなに素晴らしい稽古場は、江戸広しといっても滅多にない。

家を建てるとの約束を反故《ほご》にしたために、妻の久江《ひさえ》はしばらく腹を立てていた。女にしては気分を変えるのが上手だから今はもう怒っていないように見えるが、心の底では、まだ一之介のことを許していないかもしれない。

――まあ、そのうち埋め合わせをするさ。

一之介は、そう心に決めている。

――よし、はじめるとするか。もう腹もだいぶこなれてきておる。

心気を静めてから、一之介はすらりと腰の刀を抜いた。

愛刀を正眼に構え、宙に目を据える。

この場所では、一之介は必ず愛刀を振るようにしている。

道場では竹刀《しない》を用いて門人たちに稽古をつけているが、真剣で戦う日がいつか来るかもしれぬ、と一之介はまじめに考えているのだ。

そのときに備えているのである。

それに、と愛刀をすっと上段に移して一之介は思った。

——江戸でも屈指の遣い手といわれた尾道旗堂斎どのが、つい先日、殺されたらしいではないか。

旗堂斎を殺した下手人が捕まったという話は、まだ聞かない。

——つまり、下手人は今も野放しということだろう。

万が一だろうが、その者がもし目の前にあらわれたら。

一之介は考えざるを得ないのだ。

自分の腕が、旗堂斎に劣っているとは思えない。旗堂斎と同様、江戸では屈指の腕といわれている。戦国の昔から連綿と続いてきた古道地念流《こどうちねん》の遣い手なのだ。

それだけに自分がたやすく下手人に殺《や》られてしまうとは思えないのだが、旗堂斎の殺され方が、なんともおぞましくてならない。

——わしは首を刎《は》ねられるなど、真っ平ごめんだ。

それにしても、なにゆえ旗堂斎ほどの遣い手があっさり殺られてしまったのか。

——不意を突かれたのかもしれぬな。だが、それはいいわけにならぬ。旗堂斎どのには、普段の暮らしから油断があったのではないか。

旗堂斎が殺されたというのは、そういうことだとしか考えられない。

もし、と一之介は思った。その下手人が目の前にあらわれたとしても、自分はそんなへまはしない。

——必ず返り討ちにしてみせよう。

一之介は旗堂斎と面識がある。旗堂斎は物腰が丁重で、穏やかな物言いをする男だった。

じかに竹刀を交えたことはないが、道場での稽古を眺めた限りでは、素晴らしい腕前としかいいようがなかった。

あれほどの男が殺害されてしまった。やはり不意を突かれたとしか思えない。

旗堂斎は妾の家の近所の路地で殺害されたと噂で聞いたが、歩き慣れた場所でいきなり襲いかかってくる者がいるなど、これまで一度も考えたことはなかったのだろう。

太平の世に生きているのだから、それは仕方のないことに思えるが、やはり武芸者たる者、一瞬の油断すら許されぬのではないか。

——わしは、旗堂斎どのの死を無駄にはせぬ。決して気を緩めることなく、これからも生きていく。

手元に引き戻した愛刀を、一之介は気合を込めて振り下ろした。

刀は空を切ったに過ぎなかったが、満足のいく手応えが残った。

――もし旗堂斎どのを殺害した下手人と出会うようなことになったら、この愛刀で容赦なく斬り捨ててやる。

そのための真剣での稽古なのだ。稽古のための稽古ではない。

それから一之介は、何度も愛刀を振り下ろし続けた。

どのくらい続けたものか、いつしか全身が汗びっしょりになっていた。

――よし、これで終わりにするか。

愛刀を鞘におさめ、一之介は柿の木にかけておいた手ぬぐいを手に取った。それで汗を拭くと、さっぱりした。

――道場に戻るとするか。

手ぬぐいを懐にしまって歩き出した一之介が武家屋敷と商家とのあいだの狭い道に入ろうとしたとき、行く手からいやな風が吹き込んできた。

――なんだ、この生臭い風は……。

一之介は顔をゆがめた。

――おや。

暗くて狭い道を、こちらに歩いてくる人影を一之介は認めた。

――なにやつだ。

この狭い道は、一之介が稽古場にしている空き地にしかつながっていない。

一之介以外に空き地に用がある者など、近所の男の子たちだけだろう。

その人影は遠慮のない足取りで、ずんずんと近づいてくる。

——むっ。

一之介は人影をにらみつけた。

近づいてきた男がすっぽりと頭巾をかぶり、顔を隠していたからだ。

——うろんなやつだ。

しかも、頭巾の男は殺気を漂わせているように一之介は感じた。

——わしとやる気なのか。

この道を来る以上、そういうことなのだろう。頭巾の男はここに東一之介がいることを知ってやってきたにちがいない。

先ほど汗を拭いた位置まで、一之介は下がった。

狭い道を抜けて、男が空き地に足を踏み入れてきた。足早に歩いて、一之介のそばにやってくる。

一間ばかりを隔てて、一之介は頭巾の男と対峙《たいじ》した。

「何者だ」

だが、頭巾の男はなにもいわない。頭巾からのぞく目が一之介をじっと見据えている。少し淡い感じの鳶色《とびいろ》の瞳をしている。

男から発せられている殺気がさらに強まったのを、一之介は感じた。

頭巾の男は小袖に袴という出《い》で立《た》ちで腰に両刀を差しており、いかにも侍という形《なり》だが、着物がまったく似合っていない。

頭巾の男は背中に妙なものを担いでいた。

なめした革でつくられたと思える、半円の形をしたものである。それには、かたい木でつくられた柄《つか》のようなものがついている。長さは柄も入れて三尺ほどだろう。どう見ても、革でつくられたものは鞘ではないかと思えるが、もしそうだとしたら、中には刀や剣の類が入っていることになる。

しかし、半円の形をした刀など、一之介はこれまで見たことがない。刀にも反りがあるが、半円ではいくらなんでも反りすぎだろう。

頭巾の男が、背中から革製の半円のものを地面に下ろした。柄を握り、半円の鞘とおぼしきものから得物《えもの》を引っ張り出す。

——刀とはいい難いな。剣か。

一之介も抜刀し、頭巾の侍を見つめた。

頭巾の男が持つ半円の剣を、陽光が照らし出す。きらりと剣が光を放った。

頭巾の男が一之介のほうを向いて、半円の剣を構える。やや半身になっているが、自然な構え方に見える。

「その妙な得物で、このわしとやり合うというのか」

一之介は語りかけたが、頭巾の男から返答はない。

「仕方あるまい」

剣術に生きてきた者として、ここで逃げるわけにはいかない。

一之介は頭巾の男をじっと見た。なにか違和感がある。

「おぬし、この国の者ではないな」

目の色がちがうのだ。先ほどは淡い鳶色に見えたが、実際には緑っぽい色をしているようだ。その上、一之介は男が発しているらしい体臭を感じた。獣くさいというのか。

この体のにおいも、頭巾の男が異国の者であることと関係しているのかもしれない。

一之介はふと気づいた。

「尾道旗堂斎どのを殺ったのは、おぬしだな」

おもしろい、と一之介は心を躍らせた。

——こやつは、旗堂斎どのを討って次はわしに狙いを定めたのか。ふむ、この異国の者とおぼしき男は、この江戸で武者修行でもしておるのか。

半円の剣のどちら側に刃がついているのか。反っているほうか、それとも半円の内側か。諸刃かもしれない。

とにかく、と一之介は思った。やられれば、命はない。

——しかし武芸者たる者、真剣でやり合って命を落とすなら本望だ。

それにしても、と一之介は思った。備えてきたとはいっても、まさか今日がその日になるとは考えもしなかった。

委細かまわず一之介は頭巾の男に斬りかかっていった。刀は攻撃のための得物だ。防御のためにはできていない。

一之介の斬撃《ざんげき》を頭巾の男はひらりと横に跳んでかわした。そのまま地面を転がって立ち上がる。

構わず間合を詰め、一之介は刀を振り下ろしていった。

それも横に動いて頭巾の男はかわした。半円の剣を振るってきた。その剣の動きから、湾曲した剣の内側に刃がついているらしいのを一之介は知った。

頭巾の男は、一之介の首を狙ってきていた。

——それは首切りのための得物なのか。

正眼に刀を構えた一之介は、心持ち腕を上げた。いきなり首を刎ねられたくはない。

いきなり頭巾の男が突っ込んできた。上から半円の剣を振り下ろしてきた。

刀の峰で受け止めようとしたが、剣が湾曲していることもあって、刀を回り込むようにして剣が体に届くことに一之介は気づいた。

すぐさま後ろに下がり、頭巾の男との距離を取った。

そのとき、いきなり頭巾の男の姿がかき消えた。

あっ、と一之介が気づいたときには、頭巾の男は地面を転がっていた。

その動きで一之介との間合を詰めてきた。同時に下から半円の剣を振るってきた。

おのれを首を守ることに気持ちがいっていた一之介は、まさかそんなところから剣が振るわれるとは、思っていなかった。わずかに刀での対処が遅れた。

右手一本のみで振るわれた半円の剣が、一之介の左の太ももを外から斬り裂いた。

すぱりと大腿の骨まで切断されたのを、一之介は覚った。

がくりと体がくずおれる。一之介は地面にべたりと横になった。

体から切り離された左足が取り残されたように地面に立っている。

傷口からおびただしい血が出ているのだろうが、一之介はなにも感じない。

――俺は死ぬのか。死ぬのだな。

一之介はこれがうつつのものとは、まだ受け止められない。

――剣に命を捧げてきたにもかかわらず、異国の剣士にこうまであっさりとやられるとは……。わしにも油断があったのか。

そうではない、と一之介は思った。真剣で戦う怖さに体がついていかなかった。その上、首を刎ねられたくない一心で、敵の真の狙いを読めなかった。それが敗因だ。

――久江、済まぬ。結局、埋め合わせはできなんだ。

頭巾の男が去っていく姿が、かすんだ視界の中にうっすらと見えた。

――おい、次は誰を殺るつもりだ。

一之介は頭巾の男の背中に問いかけた。

――それにおぬし、いったいどこからやってきたのだ。

死にゆく一之介にとって、それが最も知りたいことだった。

だが、その答えが得られるはずもないことは、当の一之介が最もよくわかっていた。

四

隼兵衛は、君之丞の墓参から千代田城に戻った。

中根に会い、すぐさま話を聞いたが、青山美濃守の身辺に妙な気配が漂ったり、いやな雰囲気が醸し出されたりするようなことはなかったそうだ。

さすがに殿中で、と隼兵衛は思った。美濃守さまを害しようとする者など、いないということだろう。

その後、午後の八つ過ぎに美濃守は下城した。

隼兵衛たちは午前の登城時と同様に陰警護を行ったが、結局、なにごともなく美濃守の行列は老中役宅に入った。

役宅の門が重々しく閉じられるのを見てから、隼兵衛たちはそれぞれの辻番所におさまることなく、しばらく周囲の気配を探った。

隼兵衛は、異様な気配を感じなかった。今のところ、美濃守の役宅近くにうろんな者はひそんでおらぬ、と判断した。

「よし、みんな散るのだ」

隼兵衛は弥一たちに命じた。はっ、と答えた配下たちは、またそれぞれの辻番所に身をひそめた。このまま日暮れを待って、また美濃守の役宅に忍び込むのである。そのときには隼兵衛も役宅の塀を乗り越えたいと思っているが、柏木佐知からは忍び込みの許しがまだ出ない。

今はまだあきらめるしかなかった。

夜のとばりが下り、江戸の町はすっかり暗くなった。

弥一たち配下の者は、美濃守の役宅の塀を越えようと動きはじめたはずだ。

——今宵《こよい》も皆、うまく忍び込むはずだ。

年寄りの郡治がいれてくれた苦い茶を喫しつつ、隼兵衛は楽観していた。

だが、辻番所のすぐ近くから怒声が響き渡り、腰を浮かした。

なにかあったことを悟り、隼兵衛は立ち上がった。

座したまま首を伸ばした郡治が、声のしたほうを眺めている。

「今のは、どうも青山美濃守さまのお屋敷から聞こえてきたようですね」

——配下になにかあったにちがいない。

まだ怒声は続いている。大気を震わせるような激しさがその声にはある。

「ちょっと行ってくる」

雪駄を履いて辻番所を出た隼兵衛は少し走って、あたりに人けがないことを確かめてから、老中役宅の塀に取りついた。腕に力を込め、一気に塀をよじ登る。

塀の上で隼兵衛は腹這《はらば》いになった。少し息をつきたいところだったが、のんびりしている場合ではない。

隼兵衛は邸内に飛び降りた。怒声がしているほうへと足を急がせる。

庭の木立を抜けると、青山家の家臣とおぼしき一人の大柄な侍が立っているのを目の当たりにした。

大柄な侍は抜刀し、今も怒鳴り声を発し続けている。

大柄な侍の刀尖《とうせん》の先に、柳谷巨摩造らしい男がいるのが見えた。

どうやら老中役宅への忍び込みを敢行する際、巨摩造が大柄な侍に見つかったということらしかった。

きさまはいったい何者だ、なにもいわぬつもりか、ならばこの場で殺されたいか、などと大柄な侍は叫んでいた。

御殿から大勢の青山家の家臣が飛び出してきて、大柄な侍のまわりに集まりつつあった。

「お待ちあれ」

家臣たちの垣を素早く通り抜けた隼兵衛は、大柄な侍の背中に声をかけた。

むっ、と大柄な侍が隼兵衛のほうに顔を向けてきた。すぐさま体の向きも変え、隼兵衛に刀尖を向けてきた。

「きさま、こやつの仲間か」

「この者の頭にござる」

「頭だと。きさまら、我が殿を狙う者どもだな。こやつはちがうといい張っておるが」

大柄な侍が巨摩造に向かって顎をしゃくってみせた。

「その男のいう通りだ」

隼兵衛は平静な声音でいった。

「我らに青山美濃守さまに害意は一切ない」

「害意がないのだったら、なにゆえ忍び込むような真似をする」

大柄な侍が、唾を飛ばさんばかりの勢いでいった。今が昼間なら、紅潮した顔がはっきりと見えるはずである。

――この男は、例の石羽冶五郎どのだな。

目の前の侍を見つめて隼兵衛は思った。

石羽冶五郎は、青山家の家中で一番の遣い手である。

——もしや柳谷がなにかへまを犯したのかもしれぬが、それでも我らの忍び込みを感づける者は青山家の家中では、石羽どののほかにはおるまい。さすがに、剣名が鳴り響いているだけのことはあるようだ。

「おぬし、石羽冶五郎どのだな」

むっ、と目の前の侍が隼兵衛を見直すような目をした。

「きさま、なにゆえわしのことを知っておるのだ」

「それがしも剣はそこそこ遣うゆえ、おぬしの剣の腕の素晴らしさは物腰を見ればわかる。青山美濃守さまの家中で、これほど遣える者は一人しかおらぬ。おぬしが誰か、おのずとわかろうというもの」

ふっ、と冶五郎が軽く息をついた。肩をそびやかすように動かす。

「そうだ。わしが石羽冶五郎だ。——しかしきさま、我が殿に対して害意がないのなら、なにゆえ忍び込むような真似をするのだ」

「ああ、そのことか」

隼兵衛は、冶五郎に穏やかにうなずいてみせた。

「我らは、青山美濃守さまの陰警護をしているのだ」

「陰警護だと」

思いもかけない言葉だったようで、冶五郎がわずかに首をかしげる。

「我が殿が、きさまらに陰警護なるものを頼んだのか」

「さにあらず。我らが青山美濃守さまの陰警護についたのは、大目付の命によるものだ」

「大目付の命だと」

瞳を光らせて冶五郎が一歩、踏み出してきた。冶五郎の持つ刀がかすかな光を帯びて、隼兵衛の目を打つ。

「ならば、陰警護について我が殿はなにもご存じないということか」

「さよう。誰にも気づかれることなく青山美濃守さまを守ることが、我らの使命ゆえ」

むう、と冶五郎がうなり声を上げた。

「きさまらは、いったい何人で我が殿を守っておるのだ」

「それがしを入れて六人」

それを聞いて、冶五郎があざ笑うような顔つきになった。

「たった六人でなにができるというのだ」

「そうなめたものでもない」

冷ややかな口調で隼兵衛はいった。

「我らは凄腕といってよい」

「ずいぶんとおのれに自信があるのだな。ところで大目付の命といったが、きさまらは何者だ。忍びの者か」

「明屋敷番だ」

「明屋敷番といえば、伊賀者が任につくのではないのか。となると、やはり忍びの者であろう」

「少なくとも、それがしは伊賀者ではない」

「きさまが伊賀者であろうと、そうでなかろうと、どのみち役目ちがいは明らかであろう。明屋敷番は空き屋敷に怪しい者が住みついておらぬか、確かめるのが役目のはず。老中の陰警護などではない」

「陰警護も、我らの仕事のうちと思ってもらおう」

「裏の仕事があるということか」

「まあ、そうだ」

「きさま、名はなんという」

「旗丘隼兵衛だ」

「旗丘隼兵衛……」

聞き覚えがあるのか、冶五郎が首をひねる。

その様子を見て、ふふ、と隼兵衛は笑いを漏らした。

「なにがおかしい」

冶五郎が隼兵衛をにらみつけてくる。

「石羽どの、話を戻すが、我らがもし警護をしておらぬと、美濃守さまのお命を狙っている者どもに美濃守さまはまちがいなく殺られてしまおう」

「なんだと」

冶五郎が目を怒らせる。

「わしらだけでは、殿を守れぬというのか」

「まず守れぬ」

ふん、と冶五郎が鼻を鳴らした。

「この屋敷に忍び込もうとして、気配を悟られたきさまらに、いったいなにができるというのだ」

「石羽どの。我らがこの屋敷に忍び込むのは、今宵が初めてではない。今宵で、もう十一日目になる」

「なに」

心から驚いたようで、冶五郎が瞠目する。

「嘘ではない。この十日のあいだ、毎晩、我らはこの屋敷に忍び込んでいたが、今宵初めて気づかれたのだ」

冶五郎は愕然としている。そうだったのか、というつぶやきが隼兵衛に聞こえてきた。

「とにかく、きさまはわしと一緒に来るのだ」

思い直したように冶五郎がいった。

「我が殿に、きさまらの警護がまことに必要かどうか、きかねばならぬ」

もし青山美濃守が必要ないといったとしても、隼兵衛はこのまま陰警護を続けるつもりである。

青山美濃守の警護は中根壱岐守に命じられてのことであり、いらぬといわれたからといって、やめてよいものではない。

「それがしは構わぬ。さっそく青山美濃守さまにお目にかかろうではないか」

「ふん、いい度胸だ。――おい、今市《いまいち》」

冶五郎が、そばにいる若い侍を呼んだ。

「わしがお目にかかりたいと申していると、殿に急ぎ知らせてくれぬか」

「はっ、承知いたしました」

今市という若い侍が駆け出す。

「これでよし。行くぞ」

冶五郎と連れ立って隼兵衛は歩きはじめた。

脇玄関から御殿に入った。式台から廊下に上がる前に、隼兵衛は長船景光を家士に預けた。

「きさま、ずいぶんよさそうな差料《さしりょう》を持っているのだな」

いち早く廊下に立っていた冶五郎が長船景光を目ざとく見ていった。

「ああ、自慢の愛刀だ」

廊下を先導するように歩きはじめた冶五郎が、隼兵衛を振り向いた。

「そうか、自慢なのか。名のある刀か」

「長船景光だ」

「なにっ」

冶五郎が立ち止まった。

「まことに長船景光を所持しておるのか」

「嘘をいってもはじまるまい」

「あとで見せてくれぬか」

「ああ、別に構わぬ」

「それはうれしいな」

どうやら冶五郎は本来、気のよい男のようで、長船景光をじかに見られることを、ほくほくと喜んでいる。

長い廊下を歩いた冶五郎が、つと足を止めた。

「ここだ」

目の前の板戸を冶五郎が指し示す。

どうやらこの部屋は、と鶴と亀の絵が描かれた板戸を見て隼兵衛は思った。この屋敷の主人との対面所のようだ。

「失礼いたします」

部屋の中に声をかけてから、冶五郎が板戸を横に引いた。

冶五郎にうながされて隼兵衛は対面所の中に入った。そこは十畳ほどの間で、埃《ほこり》一つない畳が敷かれていた。

一段上がった間にすでに人が座し、脇息《きょうそく》にもたれていた。

――あれが青山美濃守さまか。

両脇に、小姓とおぼしき二人の侍が控えている。さらに御典医なのか、十徳を着用した坊主頭の男が、美濃守の斜め後ろに座っていた。

対面所に入った隼兵衛はすぐさまそれらを見て取った。

――医者がついているとは、美濃守さまは具合が悪いのか……。

「きさまはそこに座れ」

小声でいった冶五郎が手で示した場所に隼兵衛は端座した。美濃守に向かって頭を下げる。

横に冶五郎が座し、美濃守に向かって朗々たる声で告げた。

「急なご面会の申し出にもかかわらずご承引くださり、まことにありがとうございます」

うむ、と美濃守が顎を引いた。

「この者は旗丘隼兵衛と申し、明屋敷番をつとめております」

なにゆえ旗丘という者をこの場に連れてきたか、冶五郎が美濃守に説明する。

「ほう、余の陰警護とな」

美濃守が、関心を引かれたような声を発した。

わずかに面を上げ、隼兵衛は美濃守を控えめに見た。

美濃守は彫りの深い顔立ちをしていた。歳は四十半だろう。

育ちのよい大名にしては珍しく、底光りするような目をしている。これまで隼兵衛が感じたことのない異様な気を、全身から発していた。

——これはなんだ。

隼兵衛は心中で目をみはった。

もしや老中となる者というのは、この手の気を放っているものなのか。

しかも、美濃守の顔は、油を塗りつけたようにぎらついている。

——やはり美濃守さまは、なにかご病気なのだろうか。

隼兵衛は、美濃守と御典医らしい男を控えめに見つめた。

美濃守が隼兵衛を見返してきた。隼兵衛はうつむくようにした。

「そのほうは、大目付に命じられて余の陰警護についたとのことだが、その大目付とは誰かな」

そのことを口にして構わぬのかと隼兵衛は考えた。大丈夫だろう、という気がした。

「中根壱岐守さまでございます」

「壱岐守どのか。よい男だ。いろいろといわれており、嫌う者も多いようだが、余は壱岐守どののことは好きだ」

それはよかった、と隼兵衛はほっとした。

「明屋敷番といったが、そのほうは壱岐守どのの配下になるのか」

「はっ」

「余が何者かに狙われていることは、余は壱岐守どのから知らされたのだ」

「ああ、さようでしたか」

そのことは隼兵衛は初耳である。

「壱岐守どのやそのほうの気遣いはかたじけなく思うが、陰警護は無用だ。余には、大勢の腕利きの忠臣がついておる。その者らが余を守ってくれる」

美濃守が、隼兵衛たちの陰警護をきっぱりと断ってきた。

だがここで、わかりました、と引くわけにはいかない。

すっと顔を上げ、隼兵衛は美濃守をじっと見た。

「では、お試しになってみますか」

「なにを試すというのだ」

美濃守が、いぶかしげな顔で隼兵衛を見る。

「我らは今宵、美濃守さまを襲わせていただきます。もしそれでご自慢の家臣の皆さまが美濃守さまを守り切れなかったら、我らの警護をお許しいただけますか」

隼兵衛はずばりといった。

それを聞いた美濃守が、一瞬、目をぎらつかせた。すぐに唇をゆがめて、にやりとする。

「それはおもしろい。今宵だな」

「しかし殿――」

隼兵衛の横で、あわてたように冶五郎が美濃守に呼びかける。

「そのようなことを、この者らにやらせてもよろしいのですか」

諫めるように冶五郎がいった。

「冶五郎、構わぬではないか」

美濃守は目を輝かせている。

「旗丘とやら、まことにやれるのであれば、やってみるがよかろう」

「わかりました。やらせていただきます」

隼兵衛はきっぱりといった。

「おい、きさま」

治五郎が隼兵衛に声をかけてきた。

「今宵、襲撃してきたうぬらを、構わず斬り殺してもよいのか」

舌なめずりするように治五郎がきいてきた。

ふふ、と隼兵衛は笑ってみせた。

「やれるのであれば――」

余裕たっぷりに隼兵衛は答えた。

「今宵といったが、いつ襲ってくるのだ。それは秘するつもりなのか」

「いや、秘密にする気はない」

冶五郎を見つめて、隼兵衛は断言した。

「今宵の九つに襲撃を行う」

「九つか」

表情を引き締めて冶五郎がうなずいた。

「待っておるぞ。決して時をたがえるな」

「よくわかっている。今宵、九つだ」

隼兵衛は断言した。

五

足がかゆい。

虫に刺されたのかもしれない。

いつまでも、こうしてじっとしていたくない。早く動きたいが、まだ刻限は九つになっていない。

隼兵衛たちは、いま青山美濃守の役宅の塀際に顔をそろえている。隼兵衛を含めて全員が黒装束に身を包んでいる。

「なにか策はあるのですか」

声を殺して弥一が隼兵衛にきいてきた。

「大した策はない」

そばにしゃがみ込んでいる弥一に目を当てて、隼兵衛は答えた。

「お頭、それで石羽治五郎どのの網を破れるのですか」

これは清宮隆之介が問うてきた。

「やれるさ」

自信たっぷりに隼兵衛はいった。

「どうするのですか」

隆之介がなおもきく。

「美濃守さまの居場所を、まずは探らぬとならぬのではありませぬか」

「美濃守さまは中奥にいらっしゃるはずだ」

「奥御殿ではないのですね」

少し顔を寄せて隆之介が確かめてきた。

「奥御殿には奥方たちがいらっしゃる。こたびのことに、美濃守さまは奥方たちを巻き込む気はあるまい」

中奥は、大名が居住と執務の両方ができる区画になっている。

隼兵衛は明屋敷番として、公儀の主立った建物だけでなく、大名家の上屋敷の縄張などを佐知から徹底して教え込まれた。忍び込みの技同様、今も覚えている最中だが、老中役宅は最初に縄張を教えられた建物で、どこにどんな部屋があるか、すでに頭に入っている。

「おぬしらは全員で御殿の裏手に回り、派手に暴れてくれ」

「はっ、わかりました。では、お頭は表から行かれるのですか」

弥一がきいてきた。

「そうだ。石羽どのは、俺が正面から乗り込んでくるとは思っておらぬはずだ。おぬしらが裏手で戦いはじめて、家臣たちを引きつけたら、その隙を逃さず俺は表から御殿内に突っ込む」

「その後は」

「向かってくる者はすべて叩き伏せ、美濃守さまのもとに突き進むだけだ。おぬしらはあまり中奥に近づかず、家臣たちをうまく引き留めておいてくれ」

「美濃守さまのそばには、石羽どのがおりましょう。では、お頭は石羽どのと一対一で戦うおつもりですか」

その問いには答えず、隼兵衛は、美濃守の役宅のほうを見やった。

「それにしても明るいな」

いつもは闇に沈んでいる屋敷内ではいくつもの篝火《かがりび》が焚かれているらしく、炎の揺らめきを感じさせる明るさが、塀を越してにじみ出してきている。

隼兵衛は、配下の五人に目を戻した。ここに善吉はいない。

「むろん、俺は石羽どのと一対一で戦うつもりだ。石羽どのさえ倒してしまえば、それですべては終わりだからな」

その言葉を聞いて、巨摩造が隼兵衛をじっと見てくる。

「石羽治五郎どのといえば、青山家の家中で鳴り響いた遣い手です。それが真剣で遠慮なく斬りかかってくるのでしょう。お頭、大丈夫ですか」

隼兵衛は、案じ顔の巨摩造に笑いかけた。

「なに、平気だ。俺はこれまで真剣での斬り合いを何度かくぐり抜けてきている。石羽どのはどうかな。真剣での場数を踏んでいるとは、俺には思えぬ」

「確かに、そうかもしれませぬ」

柔の名人である志馬田十蔵が同意した。隼兵衛は言葉を続けた。

「真剣と竹刀とでは戦いの勝手がまるでちがうことは、おぬしらもよく知っているであろう。竹刀では無敵の者でも、真剣ではどうしても腰が引けてしまうものだ。そうである以上、真剣での場数を踏んでいる俺のほうにこそ、利はある」

隼兵衛は断じた。

「とにかく、石羽どのは俺に任せろ。必ず倒してみせる」

隼兵衛は力強く宣し、さらに続けた。

「いうまでもないだろうが、一人たりとも殺すな。向こうは我らを殺す気でかかってくるだろうが、どんなことがあろうと手傷を負わせる程度にしろ。腕のちがいを見せつけてやるのだ」
「はっ」
弥一たちが一斉に低頭する。
――さて、もう九つになるだろうか。
隼兵衛は真っ暗な空を見上げた。雲が出ているのか、星の瞬きは一つも見えない。
――雨にはならぬようだが。
大気は湿っておらず、雨の気配は感じられない。
そのとき、不意に隼兵衛の胸中を予感がよぎっていった。
隼兵衛は、むっ、と声を上げそうになった。
――あと数瞬で、時の鐘が鳴る。
すぐさま目を閉じ、隼兵衛は鐘が鳴るのを待った。
――三、二、一……。
数え終わった途端、鐘が鳴りはじめた。やった、と隼兵衛は拳をぎゅっと握り締めた。
――復活してくれたか。
前は鐘がいつ鳴り出すか手に取るようにわかったものだったが、酒を浴びるように飲みはじめたら、その力はあっさりと消え失せた。それがいま急によみがえったのである。

これもきっと、と隼兵衛は思った。酒をやめたおかげだろう。

三つの捨て鐘のあと、九回、鐘は打ち鳴らされた。

「約束の刻限だ。よし、行くぞ」

弥一たちに告げて、隼兵衛は立ち上がった。

初めての忍び込みである。心は高ぶったが、隼兵衛の物腰は、練達の忍びのように落ち着いている。

まず佐知がひらりと塀の上に乗り、腹這いになった。そっと顔を上げ、屋敷内を見渡している。

佐知に気づいて駆け寄ってくる青山家の家臣はいなかったようだ。佐知が隼兵衛たちを手招きした。

巨漢の隆之介が隼兵衛を軽々と持ち上げ、塀の上に乗せてくれた。

屋敷の敷地内はいま煌々《こうこう》と明るくなっているが、隼兵衛たちがいる場所まで篝火の明かりは届かない。

佐知が飛び降りる。隼兵衛も続いた。

すぐさま弥一、巨摩造、十蔵、隆之介も音もなく飛び降りてきた。
その鮮やかな身のこなしに、隼兵衛は目をみはるしかない。
——やはりこの者たちは全員、伊賀者ではないか。
ということならば、弥一たちは伊賀者の組屋敷で暮らしているのだろう。
だが、今はそんなことを考えている場合ではない。
敷地の木々が深いところを選んで、弥一たちが隼兵衛から遠ざかっていく。
隼兵衛は、篝火の光の届かないところを選んで、御殿の玄関を目指した。

六

九つを告げる鐘が空を越えて響いてきた。
——刻限だな。
心気を静め、石羽冶五郎はあたりの気配を探った。
今のところ、明屋敷番たちのものらしい気配は感じない。
「冶五郎——」
鐘が鳴り終わった直後、隣の間から襖越しに美濃守の声が届いた。

隣の間は、中奥にある美濃守の寝所である。奥方たちのいる奥御殿に行かないときは、こちらで美濃守は眠るのである。

はっ、と控えの間に端座している冶五郎はかしこまって襖を見た。

「九つの鐘が鳴ったが、やつらは来たか」

「まだなんの気配も感じておりませぬ」

「ふむ、気配を感じぬのか……」

隣の間から、身じろぎする音が聞こえてきた。からりと襖が開く。

美濃守が敷居際に立っていた。寝間着姿である。目が少し充血している。

両手を畳につき、冶五郎は深く頭を下げた。冶五郎のそばにいた三人の侍も平伏する。

この三人の侍は青山家中において、遣い手といわれている者たちである。選り抜きの三人が美濃守を守るために集められたのだ。

冶五郎のかたわらに、美濃守がどかりとあぐらをかいた。

「どうにも目が冴えて眠れぬ」

冶五郎、と美濃守が呼びかけてきた。

「気配を感じぬということだが、やつらはまことに来るのか」

「さあ、どうでございましょう」

治五郎は首をかしげた。

「我が家臣たちが、要所の守りをかためておるのであろう。治五郎、明屋敷番の者どもは六人だといったな。たったそれだけの人数でここまでたどり着くことなど、相当の手練《てだれ》だとしてもできることではないのではないか」

「そうかもしれませぬ」

治五郎は逆らわずにいい、口を閉じた。

「彦兵衛《ひこべえ》はどう思う」

目を転じた美濃守が、小姓の一人の関上《せきうえ》彦兵衛にたずねた。

端座したまま彦兵衛が胸を張る。

「明屋敷番などという得体の知れぬ者どもに、いったいなにができましょうや。それがしは殿のおっしゃる通り、ここまでたどり着けぬと思います」

その力んだ言葉を聞いて、美濃守が満足げな笑みを漏らした。

小納戸《こなんど》役の崎山小弥太《さきやまこやた》がすぐさま続ける。

「明屋敷番の力を借りずに殿をお守りする。これこそが家臣のあるべき姿だと、それがしも思います」

——確かにその通りではあるのだが……。

冶五郎は目を閉じた。

「家中の者たちの守りを破り、ここまでたどり着ける者など、明屋敷番などという者どもには一人もおりますまい」

「余もそう思うておる」

我が意を得たりとばかりに美濃守が大きくうなずいた。

「青山家は古《いにしえ》より武門として名を知られておる。明屋敷番などという輩《やから》は、そなたらの出番を待つことなく、家臣たちが木《こ》っ端《ぱ》微塵《みじん》に打ち負かしてくれるに決まっておる」

美濃守が威勢のいいことをいった。

——だが、おそらく家臣たちだけでやつらを食い止めることはできぬ……。

目を閉じたまま冶五郎は、旗丘隼兵衛と名乗った男の相貌を思い出している。

あの男は、なにごとにも決してへこたれそうにない面魂《つらだましい》をしていた。一度はじめたことは、とことんやり抜くような男に見えた。

それになにより、恐ろしいほどの遣い手であるのは疑いようがない。

——あの男に敵する者は、家中には一人もおるまい。

唯一戦えるのは自分だけであろう、と冶五郎は確信している。

——あの男は、まちがいなくこの場にあらわれよう。

不意に冶五郎は気持ちが焦《じ》れてきた。

——来るなら、早く来ぬか。

これまで会ったことのないような遣い手と刃を交える。そのことが血をたぎらせ、冶五郎はわくわくしてならないのだ。

——信じられぬほどの遣い手とやり合う、叩き伏せる。生きていて、これ以上のことはあるまい。

冶五郎は待ちきれなくなっている。気持ちが抑えようもなく高ぶってきている。

ふと、体をかすかに圧すような気配が伝わってきたのを冶五郎は感じた。むっ、と目を開ける。

——ついに来たか。

明屋敷番たちが御殿に侵入してきたのではないか。

だが、これも前もって知らされていたからこそ悟ることができたに過ぎず、もしそうでなかったら、冶五郎でもわからなかったのではあるまいか。

冶五郎は、彦兵衛たち遣い手といわれる三人に目を向けた。だが、三人とも明屋敷番の気配に気づいた様子はない。

面を上げ、冶五郎は気配のしているほうを見やった。

その瞬間、裏手から悲鳴らしい声が耳に届いた。それがいくつも連続して聞こえてくる。

──味方がやられておるのだな。やはり、やつらは手練ぞろいらしい。

「声がしてきているのは奥御殿か」

首を伸ばして顔を向けた美濃守が冶五郎にきいてきた。

「はっ、どうやらそのようです」

美濃守を見返して冶五郎はうなずいた。

「あちらに攻めかかってきたということは、やつらは案の定、余が奥御殿に引っ込んでいると思うておるのだな」

「いえ、あれは囮《おとり》ではないでしょうか」

静かな声音で冶五郎は語った。

「囮だと」

厳しい目で美濃守が冶五郎を見つめてくる。

「やつらが奥御殿の側から襲ってくるのではないかと、大勢の家臣がそちらに割かれておりますが、多分、旗丘隼兵衛だけは一人、別の方角からやってくるものと思われます」

「別の方角だと。冶五郎、やつはどこからやってくるというのだ」

「あの男、下手な小細工はせぬでしょう。ただひたすら闇を駆け、暗がりをくぐり、陰を縫って、ここまでやってくるものと」

「やつは、もし立ちふさがる者がいるとして、殺すだろうか」

「殺すまでのことはせぬのではないかと思います。せいぜいが気絶させたり、軽傷を負わせたりするくらいでしょう」

明屋敷番が発しているらしい気が濃くなってきている。冶五郎は、御殿の裏手のほうの気配を嗅《か》いだ。

明屋敷番たちは家臣の壁を打ち砕いているようで、気配は徐々に厚さを増し、あたりを圧する強さになってきている。

――やるものだな。やつらはこちらに確実に近づいてきておる。

畳の上に置いてある刀を手に取り、冶五郎はすっくと立ち上がった。

――思った通り、家臣たちは敵せぬか。

別の気配が、この部屋の廊下側から近寄ってきているのを冶五郎は悟った。刀を腰に差し、すぐさま刀身を引き抜いた。

――やつだな。

刀を正眼に構えて、冶五郎は直感した。

「冶五郎、来たのか」

目をみはって冶五郎を凝視し、美濃守がおそるおそるきく。

「はっ、すぐに姿をあらわしましょう」

美濃守をちらりと見て、冶五郎は告げた。

「そこもとたち、殿を頼んだぞ」

冶五郎は、他の三人の遣い手にいった。

「わしは、旗丘隼兵衛を倒すことに全力を尽くすゆえ」

「はっ」

点頭した三人の侍が、冶五郎にならって抜刀した。行灯の光を受けて、それぞれの刀が光を帯びる。三人は美濃守を背でかばう位置についた。

不意に、廊下に面した襖がからりと開いた。黒装束に身を包んだ男が敷居際に立っている。

――ふむ、単身で来おったか。奥御殿側の者どもはやはり囮だな。

背筋を冷たい汗が流れていくのを、冶五郎は感じた。

「どうりゃあ」

冶五郎がいっておいたにもかかわらず、若さが気を逸らせたのか、殿のそばをさっと離れて植田豊之助《うえだとよのすけ》という若い侍が踏み出していった。

「えい」

鋭い気合とともに、旗丘と思える男に向かって刀を突き出していく。

余計なことを、と冶五郎は腹が立ったが、よい度胸をしておる、とも感心した。真剣を手にしてなんのためらいもなく足を踏み出せるなど、そうそうできることではないのだ。

だが、豊之助の突きはあっさりとかわされた。黒装束の男は消え失せている。

むっ、という顔になり、豊之助がさっと刀を引いた。

それに合わせるように黒装束の男が再びあらわれ、豊之助の動きにつけ込んで部屋に躍り込んできた。

いきなり斬りかかってくるような真似はせず、黒装束の男は冶五郎と半間ほどの距離を隔てて立っている。

その黒ずくめの姿を目の当たりにして、冶五郎は震えが出た。

――これが武者震いというやつか。

初めての経験だ。この震えは恥ずべきものでないと、冶五郎は知っている。戦国の武者たちも、戦を前にして必ず震えたものだと聞いている。

――ふむ、よく来たな。

震えがおさまった冶五郎は、心で旗丘隼兵衛にいった。

――その気構えは天晴れではあるが、容赦なく斬り刻んでやる。覚悟せよ。

刀を正眼に構え、冶五郎は戦意を燃え立たせた。

「わしが相手をする。そこもとらは手を出すなっ」

叫ぶようにいって、冶五郎は黒装束の男と対峙した。真剣での戦いは初めてだが、怖さをほとんど感じていない。

今は旗丘隼兵衛という遣い手とやり合うのが、楽しくてならないからだろう。

――楽しいか。負ければ命を失うかもしれぬというのに。

眼前の旗丘も、冶五郎と同じく刀を正眼に構えている。いい姿勢だ。隙がない。正統の剣を学んできたという感じがする。

――この男、いったいどういう出自なのだ。

旗丘隼兵衛という男から、忍びらしいにおいは一切してきていない。そんな男が明屋敷番という伊賀者がつくべき役目に任じられているとは、どういう事情なのか。

冶五郎はふと、旗丘が手にしている得物に目をとめた。

——この男、例の長船景光を持ってきておるのか。

冶五郎の差料は斬れ味がよく、実に振りやすい逸品といってよいが、無銘である。おそらく名のある刀工の打ったものであろうが、長船景光の出来には遠く及ばないのは確かである。

——まあ、別にそれはよい。戦いは刀の善し悪しで決まるものではないゆえ。腕のちがいをみせつけてやる。

業前で、刀の出来の差は十分に埋められると冶五郎は踏んだ。

——行くぞ。

自らに気合をかけ、冶五郎は旗丘に向かって突っ込んだ。先手必勝である。

——死ねっ。

刀を斜めにして、冶五郎は刀を落としていった。

ぎん、と金属音がし、冶五郎の刀が旗丘の体に届く前にぴたりと止まった。

旗丘が、長船景光の峰で冶五郎の斬撃を受け止めたのである。しかも軽々とだ。

——むうっ。

冶五郎はうめき声を漏らした。自分では存分に深く踏み込んだつもりだったが、どうやら真剣で戦うという怖さが先に立ったらしく、腰がわずかに引けたようだ。そのために、斬撃は迫力を欠いたのだろう。

それゆえ、旗丘にあっさりと刀を受け止められてしまったのである。

――情けないぞ、石羽冶五郎。

冶五郎は、ぎゅっと唇を嚙み締めた。

――初めての真剣での戦いだからといって、臆してしまうなど。

先ほど旗丘とやり合うのが楽しくてならないと思ったばかりだが、実際に体はそうではないようだ。旗丘の発する気に搦《から》めとられているのか、恐怖に竦《すく》んでいるとしか思えない。

冶五郎と旗丘は、そのまま鍔迫《つばぜ》り合いになった。

しめた、と冶五郎は思った。

――鍔迫り合いなら、わしのものだ。

押し合いに敗れたことはないのだ。冶五郎はそのままぐいぐいと旗丘を押していこうとした。

押された相手がこらえきれずに後ろに跳んだところを、竹刀を胴に払って一本を取るというのが、道場での冶五郎の得意技だ。

だが、押しているはずの冶五郎の足は、まったく前に進まない。旗丘が一歩も下がらないのだ。

――なんと、わしの押しに耐えるとは。

物腰や雰囲気からわかっていたとはいえ、旗丘隼兵衛がここまで強いとは、冶五郎はにわかには信じられなかった。

――だが、わしが勝てぬはずがない。

それだけの自負が冶五郎にはある。これまで激しく厳しい稽古を積んできたのである。それが無駄になるはずがないのだ。

しかし、いつしか冶五郎の体は、逆に後ろに下がりはじめていた。

なにっ、と冶五郎は瞠目せざるを得ない。鍔迫り合いで相手に押されるなど、こんなことは初めてである。

――なんということか……。

さすがの冶五郎も戸惑うしかない。

――いったいどうすればよい。ここは、一か八か跳びすさるか。

だが、もし後ろに跳ね飛んだら、旗丘はここぞとばかりに長船景光を胴に振るってくるだろう。

──わしは腹を斬り裂かれ、それで最期を迎えることになる。

おのが体からはらわたがどろりと出ている光景を、冶五郎は脳裏で見たような気がした。なんともおぞましい眺めとしかいいようがない。

そんなざまにはなりたくない。

──ここは、なんとしても押し返すしかないぞ。

腹を決めた冶五郎は全身に力を込め、腰を落とした。

ぐっと押し返しはじめた途端、いきなり旗丘が後ろに跳んだ。

──おっ、しめた。やつめ、力を使い果たしたか。

姿勢を低くするや、冶五郎は愛刀を胴に払っていった。

しかしながら、斬撃が隼兵衛の体に届く前に、冶五郎は強烈な衝撃を両手に受けた。

冶五郎の刀に、旗丘が長船景光を叩きつけてきたのだ。

あわてて冶五郎は刀を引き戻したが、それがずいぶん軽く感じられた。

はっ、として見ると、刀身が半分になっていた。

──なにっ。

目の前の畳の上に、折れた刀身が転がっている。

――なんというすさまじさだ。

冶五郎は、長船景光の神髄を見せつけられたような気分になった。

――これはまずいぞ。

すぐさま冷静さを取り戻して冶五郎は思った。もし旗丘が突っ込んできたら、なすすべもなく討たれてしまうだろう。

冶五郎は、半分になった刀を旗丘に投げつけた。同時に脇差を抜いて躍りかかる。

投げつけられた刀をよけると同時に、旗丘は冶五郎の脇差での斬撃を長船景光で軽々と弾いた。

その勢いのまま旗丘が一気に踏み込んできた。長船景光を胴に振るってくる。

冶五郎は脇差で旗丘の斬撃を払いのけようとした。

またも、ぎん、と音が響き渡った。

脇差が巻き上げられるような感触があり、冶五郎ははっとして見やった。脇差が手のうちから消え失せている。

それを目の当たりにして、負けた、と冶五郎は思った。その場に立ち尽くす。

――完敗だ。わしは、刀の差で負けたわけではない。明らかに腕の差だ。旗丘とは、腕がちがっておった。

斬りかかってくる気はないのか、旗丘は刀尖を下に向けている。

――いや、もともとわしを斬る気などなかったのだろう。

治五郎は、本気で旗丘を斬り殺そうとしていた。

それにもかかわらず、本気を出していなかった者にあっさりと敗れたのだ。

――まこと、この旗丘隼兵衛というのは何者なのか。これほどすごい遣い手が、明屋敷番とは信じられぬ。

そのとき治五郎の背後で、どす、と鈍い音がした。なんだ、と思ったが、治五郎は旗丘から目を離せなかった。それほどの衝撃を受けていた。

また背後で、先ほどと同じ音が響き、さらにびしっ、という鋭い音が治五郎の耳に届いた。

「治五郎……」

後ろから美濃守の震え声がした。はっ、として治五郎は振り返った。

黒装束に身を包んだ者が五人、いつの間にか部屋に入り込んでいた。

抜き身を手にした五人は、すでに美濃守を取り囲んでいる。

美濃守を守っていたはずの他の三人は、畳の上に転がっていた。どうやら気絶しているようだ。

――我が家中で遣い手といわれた者たちもやられてしまったか……。

治五郎は全身から力が抜けた。

――もし明屋敷番の者どもが、我が殿を本気で亡き者にするつもりでいたら……。

考えるだに恐ろしい。

旗丘の配下五人がここに来ているということは、と治五郎は思った。

――この屋敷に五十人ばかりいたはずの青山家の家臣は、全員が倒されてしまったということなのだろう。

この者らは、と治五郎は旗丘に目を戻して思った。

――すさまじいまでの手練としかいいようがない……。

襲撃することを前もって知らされていたにもかかわらず、これなのだ。

もし不意を突かれていたら、いったいどんな結果が待っていたか。

――我らだけでは殿を守り切れぬ。

治五郎には、もはや観念するしか道はなかった。

第三章

一

明くる朝の五つ半、青山美濃守が玄関につけられた乗物に乗り込んだ。
今朝の美濃守は、老《お》い緑《みどり》色の狩衣《かりぎぬ》を身につけている。
なかなかよい好みをしているな、と隼兵衛は感心した。
乗物の引戸が閉まると同時に、きしむ音を立てて役宅の門が開いていく。
「出立っ」
号令がかかり、美濃守の行列がしずしずと動き出した。
およそ五十人の行列がこれから目指すのは、千代田城である。
美濃守が乗る乗物を、ぎらぎらとした目をあたりに配って家臣たちが守っている。

行列に従う家臣たちは、油断を感じさせない物腰だ。

昨晩、隼兵衛たちに完膚なきまでに叩きのめされたことで、家臣たちの目は逆に覚めたようだ。

このままではいかぬ、殿を守り切れぬ、という危機感を誰もが抱いたとしか思えない。

門を出た行列は、いきなり駆けはじめた。老中が千代田城に登城するとき、行列は走っていくのである。

常に駆けて千代田城に向かうのであれば、もし変事が起きた際も誰にも悟られることなく千代田城に駆けつけることができるのだ。

当然のごとく、隼兵衛も青山家の家臣のような顔をして行列に加わっている。弥一をはじめとする他の明屋敷番たちも同様だ。

――やはりこうしてのびのびとできるのは、よいな。

陰警護をしているときは、気配を露《あら》わにすることができず、かなりの気疲れを強いられたのである。

今は、こうして走りながらでも、自分の体がゆったりとしているのがわかる。

とはいっても、もちろん油断は禁物である。

役宅の門を出てほんの一町ばかり走ったところで、隼兵衛は誰かに見られているような気分になった。

これは決して勘ちがいなどではない。

――どこからか俺を見ている者がいる。

眼差しの主がいると思えるほうへと、隼兵衛は目を向けた。

――どこだ。どこにいる。

隼兵衛の目は一点で止まった。

半町ほど先の道脇に立つ、幹がねじ曲がったような松の木の陰に一人の侍が立っていた。

――あの侍が、見ているのではないか……。

隼兵衛には、そうとしか思えない。

――知らぬ顔だな。

どう見ても見覚えがある男とは思えない。

老中の登城行列を見物に来ているらしい旅人らしい者が大勢、目につくが、その侍はなにかちがう。のんびりと大名行列を楽しむような風情ではないし、目つきが異様に鋭いように思える。

その侍との距離が縮まって隼兵衛にはわかったのだが、なにより全身が剣呑《けんのん》な気を帯びているように感じられる。

――いったい何者だ。例の撓る剣の持ち主の仲間だろうか。

かもしれぬ、と隼兵衛は思った。この国には今、異国人に魂を売り渡した者がいるのだ。

なにゆえ国を売るような真似ができるのか、隼兵衛にはまったく理解できない。

だが、現実にそういう者がこの世にいるのは確かなのである。

行列の一員として道を駆けている隼兵衛とその侍との距離が、どんどん詰まっていく。

ほんの三間ほどまで隼兵衛が近づいたとき、侍と目がしっかりと合った。

駆けつつ隼兵衛は冷静に侍を見返した。

侍は氷のように冷たい瞳をしている。左の頰に、寛永通宝《かんえいつうほう》ほどの大きさのあざがあるのに隼兵衛は気づいた。

――おっ、この侍は。

もしや渋谷村の名主の家を訪れた身分の高そうな侍ではないか。

間髪を容れずに隼兵衛は一人、行列を離れた。誰何《すいか》しなければならない。

だが隼兵衛が声をかける前に、その侍は袴《はかま》の裾《すそ》を翻《ひるがえ》し、足早にその場を離れていった。すぐ近くの辻を曲がっていく。

一瞬で姿が消えた。追うか、と隼兵衛は思い、すぐさま辻まで走った。

だが、そこで立ち止まった。あざのある侍はすでにそこにいなかったからだ。

――なんと逃げ足が速い男だ。今の身ごなしからして、相当の遣い手であるのは疑いようがないな。

何者だろう、と隼兵衛はまたしても思ったが、体を返して行列に戻るしかなかった。

――あの者は、まことに公儀の者なのだろうか。

わからない。わからないが、怪しい者であるのは確かだろう。


千代田城に着いた。

美濃守の家臣たちは殿中に入ることができない。

殿中に入れるのは美濃守だけである。

殿中では美濃守は、ただ一人なのだ。家臣で守りにつける者など一人もいない。

弥一たちもむろん、殿中に足を踏み入れることはできない。

「では行ってまいる」

弥一たちに告げて、隼兵衛はいつもと変わらない立ち居振る舞いで御殿に入った。

隼兵衛だけは中根壱岐守づきの者として、殿中への立ち入りを許されているのだ。

三間ほどの距離を置いて、老中の御用部屋に向かう美濃守のあとにつく。

美濃守が隼兵衛を振り返って見た。

少し驚いたが、隼兵衛は美濃守を控えめに見返した。

目が合うと、美濃守がほほえんだ。

美濃守は相変わらず熱に浮かされているような顔つきをしているが、今日は昨夜よりは幾分か表情が和らいでいるように隼兵衛には見えた。

「旗丘――」

穏やかな声を発したのち、美濃守はすぐに前を向いた。

「はっ」

歩きながら小腰をかがめ、隼兵衛は美濃守に少し近づいた。

「そなたは、まことにすごい腕前だな。余は感心したぞ」

「かたじけなく存じます」

「まさか我が家中で一番の遣い手である石羽冶五郎が、まるで赤子の手をひねるように負けたのには、心から驚いたぞ」

「いえ、石羽どのはひじょうに手強いお方でした。赤子の手をひねるというようなことでは、決してありませぬ」

　不意に背中を折り、美濃守がごほごほと咳《せき》をした。ひどく苦しげな咳はなかなか止まらなかった。

「大丈夫ですか」

　ここで自分が大名の背中をさすってよいものか、隼兵衛には判断がつかなかった。

「あ、ああ、大丈夫だ」

　背を伸ばしてこちらを見た美濃守の顔は、赤黒く変色していた。その顔色のあまりの悪さに、隼兵衛は息をのんだ。

　――もしや美濃守さまは、死病に取りつかれておられるのではないか。

　だから、昨日もそばに御典医が控えていたのかもしれない。

　昨夜、隼兵衛たちが美濃守たちを襲った際、御典医の姿はなかったが、実際には、すぐさま美濃守のもとに駆けつけられる位置にいたとしか考えられない。

「そのほう、いかにも余の身を案じているような顔だな」

「はっ、おっしゃる通りです」

「心配はいらぬ。こんなのはなんでもない」

「しかし……」

「まこと心配などいらぬのだ。旗丘、心配するだけ損だぞ」

「いえ、お言葉を返させていただきますが、そのようなことはないと思います」

「まあ、よい」

美濃守が隼兵衛を見て笑った。

「そのほうの気持ちだけ受け取っておく」

なにもなかったかのように美濃守がずんずんと廊下を進んでいく。

隼兵衛もついていったが、一町ほど行ったところで足を止めた。

この奥に、老中たちが政《まつりごと》について話し合う御用部屋がある。

隼兵衛も、老中の御用部屋まで立ち入ることはできない。

御用部屋に入っていく美濃守の姿を見送ってから、隼兵衛はいつもと同じく御用部屋から十間ほど離れた部屋に入った。

老中の御用部屋にこれほど近ければ、もし仮になにか変事が起きたとき、すぐに駆けつけられるはずである。

――まあ、しかし殿中ではなにも起きまい。

油断はできないが、隼兵衛は少しだけ楽観している。

この地に千代田城ができて以来、殿中で刃傷沙汰《にんじょうざた》は何度か起きてはいるが、老中が殺されたのは二百年以上も前のことだ。

──ああ、そうだ。壱岐守さまに昨夜の顚末《てんまつ》を告げておかねば……。

隼兵衛は思い出し、部屋を出て壱岐守に会いに行った。

茶坊主の杢栄に依頼するといういつもの手順を踏んで、芙蓉間から遠くない八畳間で中根と面会した。

「お忙しいところ、時を割いていただき、まことにありがとうございます」

隼兵衛は中根にまず礼をいった。

「そんなことはいわずともよい。旗丘、なにかあったのか」

隼兵衛に鋭い目を当て、中根がきいてきた。

はっ、と点頭して隼兵衛は昨夜なにがあったかを中根に話した。

「ほう、ついに陰警護ではなくなったか。旗丘、実に喜ばしいことではないか」

満足げな笑みを浮かべて、中根が隼兵衛を見る。

「壱岐守さまに許しも得ず、それがしの独断で行ってしまいましたが……」

「なに、構わぬ」

鷹揚《おうよう》さを感じさせる声で中根がいった。

「なにも気にせずともよい。おぬしは明屋敷番調役だ。これからも独断で動かねばならぬ場面は、いくらでもやってこよう。自分に自信を持ち、おのれの判断で動けばよい」

その言葉を聞いて、隼兵衛はほっとした。

「わかりました」

旗丘、と中根が呼びかけてきた。

「いま美濃守さまは、御用部屋にいらっしゃるのか」

「さようです」

「ならば旗丘、今のうちに自分の部屋に戻るがよい」

「承知いたしました」

頭を下げて中根の前を辞した隼兵衛は、部屋の前に戻った。廊下に立ち、老中の御用部屋のほうを見やる。

静かなものだ。変事が起きたような気配は一切、感じない。

――俺が離れているあいだ、なにもなかったようだな。

そのことに隼兵衛は安堵した。そうだ、とすぐに思いついた。

――今のうちに、美濃守さまの役宅近くに立っていたあざの侍の顔を、描いておくことにしよう。

おそらく渋谷村の名主の家にあらわれた侍と同一の者であろう。撓る剣の持ち主と深い関わりを持っているのではないか。

腰から矢立を取り、懐から一枚の紙を出して隼兵衛はすらすらと侍の人相書を描きはじめた。

すぐに描き終わった。筆を矢立に戻す。

両手に人相書を持ち、隼兵衛はじっと見た。

――ふむ、我ながらよく描けているな。確かに、こんな感じの男だった。

やはり、左の頰にあるあざがよく目立っている。

――このあざは、もしこの男を捜すことになったら、大きな手がかりになるだろう。それにしても……。

隼兵衛は人相書をじっくりと見た。

――いったい何者だろうか。こうして改めて見ると、ずいぶん油断のならぬ顔をしているな。

この男がなにゆえあの場に立っており、こちらをじっと見ていたのか隼兵衛は知りたかったが、今その答えが出るはずもない。

――壱岐守さまは、この者をご存じないだろうか。

渋谷村から戻った際、あざのある侍についても話したが、知っている様子はなかった。だが、こうして人相書を描いた今、またちがうのではないだろうか。

――あざのある侍は、俺をまちがいなく見ていたな。

あの侍はつまり、美濃守の行列に加わったことのない者を見つけ、それが何者なのか見極めるために、鋭い眼差しを当ててきた。そういうことではないか。

なにゆえ隼兵衛が、これまで行列に加わっていないのがわかったのか。

それは、美濃守の行列を見慣れているからだろう。

もしあざのある男が南蛮《なんばん》に通じている者で、あのねじれた松の木の袂《たもと》に立って美濃守の行列をよく見物しているのなら、注意すべき人物として、大目付の持つ一覧に載っているかもしれない。

――先ほど壱岐守さまにあざのある男について、しっかりときいておくべきだったな。

だが、いま後悔したところで仕方ない。

美濃守は御用部屋に入ったきり、しばらくは出てきそうにない。老中同士による話し合いが続いているのだろう。

今のうちにもう一度、中根に会って、あざのある男について聞くべきだ、と隼兵衛は判断した。

六畳間を出て、廊下を芙蓉間のほうへ行こうとした。

ふと、隼兵衛が向かおうとしているほうから、一人の侍がやってくるのが見えた。

「おっ」

我知らず隼兵衛は声を漏らしていた。やってきたのが久岡勘之助だったからだ。

勘之助も隼兵衛に気づいた様子で、足早に廊下を近づいてきた。

「隼兵衛……」

互いの距離が一間ほどまで詰まったところで、勘之助が声を投げてきた。

「お頭」

小腰をかがめて隼兵衛は辞儀した。

「また会ったな」

「はい。またお頭に会うことができて、それがしはうれしく思います」

「俺もうれしいが……」

勘之助が言葉を途切れさせた。この前と同じく、勘之助の顔はかたい。

その上、熱に浮かされたように目がぎらつきを帯びている。その顔は美濃守に通じるところがあった。

「しかし隼兵衛、このあいだもそうだったが、なにゆえこのような殿中の奥まった場所に、おぬしはおる」

「それは申し訳ないのですが……」

隼兵衛は目を伏せた。

「そうか、いえぬか」

ふっ、と勘之助が切なげな笑みを浮かべた。

「明屋敷番としての役目なのだな」

「そういうことです」

言葉少なに隼兵衛は答えた。

「隼兵衛、がんばっておるな」

「はっ、力を尽くしております」

「それでよい。――では隼兵衛、これで失礼する」

軽く手を上げて、勘之助が歩き出す。隼兵衛は勘之助のために横にどいた。

勘之助の目には、真剣な光がたたえられている。勘之助は、強い覚悟を決めたような表情になっていた。

——なにゆえお頭はそのような顔をされているのか。

「お頭」

勘之助の背中に、隼兵衛は声をかけた。だが、聞こえなかったのか、勘之助は振り向くことも立ち止まることもなかった。老中の御用部屋のほうに、足早に歩いていく。

燃え上がる炎のようなものが、体から発せられているように隼兵衛は感じた。

——お頭は、いったいどのような御用なのだろう。行かれるのは御用部屋か。

胸騒ぎを覚えつつも、隼兵衛はなにもすることができない。ただ勘之助を見送るしかなかった。

勘之助は書院番組頭として、なにかしらの用事があって老中たちに呼ばれたとしか思えない。

——要人たちがされることを、俺がいちいち考えてもしようがあるまい。

軽く首をひねってから、隼兵衛は再び芙蓉間を目指して歩きはじめた。

あと五間ほどで、大目付づきの茶坊主たちがいる控室というところまで来たとき、なにか大気のざわつきのようなものが殿中を伝わってきた。

背筋がぴくりと動いたのを隼兵衛は感じた。

――なにかあったのか。

足を止めるや、隼兵衛はさっと振り向いた。ふと、悲鳴のような声が聞こえたような気がした。

殿中の奥のほうでなにか騒ぎがあったのはまちがいないらしく、悲鳴のような声がさらにいくつか隼兵衛の耳に届いた。

もしや、と悲鳴のする方角を見つめて隼兵衛は慄然とした。

――美濃守さまの御身に、なにかあったのではないか。

何者かに襲われたのか。

――そうかもしれぬ。

体を返して隼兵衛は、老中の御用部屋に急いで向かった。

今は、自らの身分を無視して御用部屋に駆けつけるしかない。

途中の廊下で、こちらによろけるように走ってくる勘之助とかち合った。

勘之助は厳しい面持ちをしているが、憔悴《しょうすい》しきっているように見えた。

「お頭、なにかあったのですか」

勘之助の前で隼兵衛は足を止め、たずねた。

「――隼兵衛か」

助けを求めるような声を勘之助が上げた。この男にしては珍しく、すがるような顔をしている。全身が熱く、その上、目がひどく血走っていた。

「隼兵衛、御用部屋で……」

だが、勘之助の言葉はそこで途切れた。

「お頭、御用部屋でなにがあったのです」

隼兵衛は急かすようにただした。勘之助が途方に暮れたような顔をする。

「それがよくわからぬのだ。隼兵衛、俺はこれで行く。あとをよろしく頼む」

勘之助が隼兵衛の手を、がしっと握ってきた。痛いくらいの力の強さだ。

隼兵衛から手を離すやいなや、勘之助が足早にその場を去っていく。姿はすぐに見えなくなった。

——あとを頼むか……。

とにかく隼兵衛は、御用部屋の近くまで行ってみることにした。

——いったいなにがあったというのか。

隼兵衛は慎重に御用部屋に近づいていった。

御用部屋からは、今も怒号が聞こえてくる。

医者はまだか、と誰かが大声でいっている。

早く呼べ、いや、さっさと連れてくるのだ。

御用部屋の間近まで来た隼兵衛は、どうすべきかさすがに迷った。中に入ってもよいものなのか。

――いや、迷っている場合ではない。

すぐさま腹を決めた隼兵衛は足早に御用部屋に近づき、開け放たれている襖から中をのぞき込んだ。

御用部屋の真ん中で、誰かが横たわっているのが見えた。

老中の一人とおぼしき侍が、横たわった男を介抱しようとしていた。

そのまわりを、他の老中らしい男たちが心配そうにうろうろしていた。

――あの横になっているお方は……。

隼兵衛の瞳に、老い緑色の狩衣が飛び込んできた。

――美濃守さまだ。

病で倒れられたのか、と隼兵衛は一瞬、思った。

だが、美濃守の体の脇に黒っぽい池のようなものを見つけて、そうではない、と悟った。

――あれは血だまりだ。

美濃守は斬られたのか、それとも刺されたのか。

とにかく、息がないように見える。

「どうされました」

敷居際にひざまずいて隼兵衛は、うろうろとそばにやってきた老中の一人にきいた。

この五十前後と思える人は、確か松平甲斐守信乗《かいのかみのぶのり》といったはずだ。三河に領地を持つ譜代《ふだい》大名である。

「誰だ、そのほうは」

引きつった顔で隼兵衛を見て、信乗が誰何してくる。

「それがしは……」

こんなときだが、なんと答えるべきか、隼兵衛はいい淀《よど》んだ。美濃守の警護をしている者だといってよいものなのか。

「美濃守どのが殺されたのだ」

焦れたように信乗がいった。

――しくじった。

隼兵衛は唇を噛んだ。まさか殿中で殺害を企てる者がいるなど、想定していなかった。

——油断したのだ。

「下手人は」

隼兵衛は信乗にたずねた。

「美濃守どのを殺《や》ったのは……」

顎に手を当て、信乗が思い出そうとする。

「あれは書院番の組頭のはずだ。あの男、名は確か……」

——書院番の組頭……。

「もしや久岡勘之助どのではありませぬか」

「ああ、そいつだ」

面を上げ、信乗が隼兵衛を仇《かたき》のような目で見る。

「久岡だ。あの男、いきなりずかずか入り込んできて、美濃守どのを脇差で刺しおったのだ。——やつはどこに行った」

怒鳴るようにいって信乗があたりを見回す。

——お頭が美濃守さまを殺害しただと……。

信じられなかったが、隼兵衛はすぐさま袴の裾を翻し、廊下を駆け出した。

——なにゆえお頭が美濃守さまを刺し殺さねばならぬ……。

隼兵衛は今もまだ信じることはできない。

——なにかのまちがいではないか。

だが、美濃守のそばにいた松平信乗が、勘之助が殺ったといいきったのである。

惨劇を目の当たりにした者の言は、やはり重いとしかいいようがない。

つまりお頭こそが、と隼兵衛は足を激しく動かして思った。

——公儀の裏切り者ということなのか。

まさか、という思いしか隼兵衛には浮かんでこない。

——お頭が裏切り者など、あり得ぬ。

公儀のことを、そしてこの国のことを最も考えている者の一人のはずである。

そんな男が青山美濃守を殺すわけがない。

だが実際に、熱に浮かされたような顔をした勘之助が御用部屋のほうに行き、そして血走った目をして廊下を戻ってきた。その一部始終を、隼兵衛は見ている。

——先ほどのお頭は様子がおかしかったが、美濃守さまを手にかけたゆえか……。

殿中を駆けつつ隼兵衛は勘之助の姿を追い求めた。

だが、勘之助はすでに本丸御殿を出ていったようで、どこにも姿はなかった。

——しかし、ここであきらめるわけにはいかぬ。

隼兵衛は大玄関を飛び出し、なおも勘之助の姿を捜した。

大玄関の近くに勘之助はいない。

駆けつつ隼兵衛は大手門を抜けた。

しかしながら、やはりどこにも勘之助らしい者の姿はない。

――お頭はどこに行ったのだ。

荒い息を吐きつつ隼兵衛は立ち止まり、あたりを見回した。

――ふむう、おらぬな。

隼兵衛は心中でうなり声を上げた。

――このまま番町まで行ってみるか。

隼兵衛は思案した。

――お頭は、番町の屋敷に戻ったのではないか。

だが、もし勘之助が屋敷に戻っていなかった場合、貴重な時を無駄に費やすことになる。

――さて、どうする。

明屋敷番の配下たちが、このあたりで隼兵衛がやってくるのを待っているはずだ。

隼兵衛が見回すまでもなく、さっと弥一たちが集まってきた。善吉もいる。

「おぬしたち、久岡勘之助を見なかったか」

隼兵衛の上役だった男を呼び捨てにしたことを、弥一たちが一様に驚きの顔を見せた。

「久岡勘之助が、美濃守さまを殺害したのだ」

ええっ、と弥一たちが仰天する。

「美濃守さまは亡くなってしまったのですか」

これは佐知がきいてきた。

「亡くなった。もう一度きくが、久岡勘之助を見なかったか」

「いえ、気づきませんでしたが……」

これは巨摩造が答えた。他の五人も首を横に振った。

「久保寺、柳谷。おぬしたちは二人で番町の久岡勘之助の屋敷に行ってくれ。もし久岡勘之助がいたら、すぐにつなぎをよこすのだ。わかったか」

「わかりました」

すぐさま弥一と巨摩造が走り出す。

二人を見送った隼兵衛は、佐知や十蔵、隆之介、善吉の四人に目を当てた。

「おぬしらは、逃げた久岡勘之助を目にした者がおらぬか、足取りを当たるのだ」

「わかりました」

四人が声をそろえる。

「俺はこれから壱岐守さまにお目にかかるつもりだが、その後、久岡屋敷に行こうと思っている。もしなにかわかったら、久岡屋敷に来てくれ」

「承知いたしました」

佐知たち四人がさっとその場を離れていく。

隼兵衛はすぐさま本丸御殿を目指した。

今からすべきことは久岡勘之助を捜し出すことしかないが、一応は中根の指示を仰がなければならない。

組の一員として、勝手に動いてもよい結果は得られぬだろう。

二

殿中は、上を下への大騒ぎになっていた。

それも当たり前だろう。

なにしろ、現役の老中が殿中で刺殺されたのだから。

これほどの大事件はいつ以来か。

老中が殺されたのは、寛永の時代の事件が最後である。三代将軍家光《いえみつ》の御代、老中の井上正就《まさなり》が旗本の豊島明重《としまあきしげ》に殺害された一件だ。

そのおよそ六十年後に、今度は大老が殿中で殺されている。大老堀田正俊《ほったまさとし》が若年寄の稲葉正休《いなばまさやす》に刺殺された事件である。

老中や大老が殺害されるというのは、それ以降、一件も起きていなかったのだ。

書院番や大番らしい大勢の旗本たちが、老中の御用部屋に近づくことを禁じていた。ぎらぎらとした目つきの者たちが、廊下に立ちふさがっている。

書院番の中に、隼兵衛の顔見知りの者は一人もいなかった。

これが意味することは、と隼兵衛は思った。

――久岡勘之助麾下《きか》の組の者は、この場に近づくことを許されておらぬということだ。

勘之助と通じている者がいるのではないかと多くの者に疑われているのだろう。

――だが、久岡勘之助が暴挙に出るなどということをあらかじめ知っていた者など、一人もおるまい。

「旗丘――」

背後から呼んできた者がいる。

振り向くまでもなく、声から中根だと隼兵衛にはわかった。

「壱岐守さま」

体ごと向きを変えて、隼兵衛は中根に相対した。

「旗丘、ちとこちらに来い」

十五間ほど離れた部屋に、隼兵衛は連れていかれた。

八畳間で中は無人である。その部屋で隼兵衛は中根と向かい合って座した。

「旗丘、なにが起きたか、聞いたか」

隼兵衛をじっと見て中根がきいてきた。

「はっ、聞いております」

隼兵衛は首肯《しゅこう》した。

「壱岐守さま、まことに申し訳ございませぬ」

「旗丘、なにを謝るのだ」

「それがし、役目を全うできませんでした」

「すべては御用部屋で起きたことだ。外にいたおぬしには、どうすることもできなかっただろう」

「いえ、それがしの油断がなければ、阻止できたかもしれませぬ」

「油断というと」

中根をまっすぐ見ていられず、隼兵衛はまぶたを伏せた。

「殿中でなにか起きるわけがないと、それがしは高をくっておりました」

「もう一度いうが、美濃守さまが殺害されたのは老中の御用部屋だ。おぬしがその場におらぬ限り、闇討ちを防ぐのは無理だ」

中根がいたわるようにいったが、隼兵衛の心は慰められなかった。

「しかし、それがしは御用部屋に赴く直前の久岡勘之助に会っております。そのときに不審な様子だった久岡を見逃さなければ、惨劇は避けられたものと存じます」

旗丘、と口調をわずかに厳しいものに変えて中根が呼びかけてきた。

「下手人は久岡勘之助でまちがいないのだな」

「それがしは、御用部屋に居合わせた松平甲斐守さまに話を聞きました。久岡勘之助が青山美濃守さまを殺害したのはまちがいありませぬ」

ふう、と中根が口から太い息を吐いた。

「御用部屋に赴く久岡の様子が不審だったと申したが、青山美濃守どのの闇討ちを示《し》唆《さ》するものを醸し出しておったのか」

「久岡の顔は、明らかに熱に浮かされておりました」

「それだけで、久岡の動きを止めることなどできようはずがない。旗丘、久岡は御用部屋に用があるといったのか」

「いえ、それについてはなにもいっておりませぬ」

「ならば、おぬしはどうあっても久岡を止めようがなかったであろう」

「それはそうかもしれぬのですが……」

隼兵衛は再びうつむいた。

「久岡が美濃守さまを刺し殺した直後、それがしは廊下で、あの男と会っております」

「なに、やつと会ったのか」

中根が瞠目する。

「そのときも、それがしは久岡を見逃してしまいました」

「なんと」

「申し訳ありませぬ」

「そのとき久岡はどのような様子だった」

厳しい声で中根がきいてきた。

「疲れ切った様子で憔悴《しょうすい》しておりました。それがしの手を握り、あとをよろしく頼む、といいました」

「あとをよろしく頼む、か。青山美濃守さまを殺した男がなにゆえそのようなことをいうのか。いったいどういう意味なのか」

「それがしにはさっぱりわかりませぬ」

眉根を寄せ、中根が考え込む。

「それにしても、まさか久岡が美濃守どのを手にかけるとは……」

中根が悔しそうにいった。

さすがの中根も、まったく予想していなかった出来事だったようだ。

だが、顔色だけはいつもとまるで変わっていない。平静さを保っている。

中根の顔を見ていて、もしや、と隼兵衛の頭にひらめくものがあった。

――久岡は、君之丞と通じていたのか。君之丞は久岡に命じられて、俺を襲ったのだろうか。

しかし、と隼兵衛はすぐに思った。

――俺に新しい運命が降りかかることになろう、といったお頭のあの顔は、いかにも真摯《しんし》さにあふれてはいなかったか……。

あのときのことを考えると、とてもではないが、勘之助が君之丞に隼兵衛の襲撃を命ずるはずがないと思うのだ。

――なんとも釈然とせぬ。

なにか裏があるのではないか。隼兵衛はそんな思いを抱いた。

「旗丘――」

中根が冷静な口調でいった。

「おぬしがすべきことは一つだ」

「はっ」

それについては、いわれずともよくわかっている。久岡勘之助を捕まえることだ。

「久岡勘之助を引っ捕らえ、その上で、なにゆえ青山美濃守さまを亡き者にしたのか、吐かせるのだ。わかったか」

「はっ、承知いたしました」

中根にうなずきかけてから、隼兵衛は部屋を出た。

殿中での騒ぎはまだ続いているが、さすがに少しは落ち着いてきたようだ。ざわめきが少しずつおさまってきている。

本丸御殿をあとにした隼兵衛は大手門に向かった。

そこから一人、番町に向かう。

三

案の定というべきなのか、久岡屋敷は無人だった。

屋敷はもぬけの殻といういい方がぴったりくる感じで、がらんとしていた。

人っ子一人いない。

調度もすべて運び出されており、空虚な感が屋敷内に漂っていた。

久岡屋敷に先行していた弥一と巨摩造がすでに近所を回り、いろいろな者から話を聞いていた。

それによると、今日、久岡勘之助が出仕したのち、家人や奉公人が昼間のうちから退去をはじめていたようだ。

大八車なども使って、屋敷内から調度などの荷物を運び出していたという。

両隣の屋敷の者たちは、久岡家の者から屋敷を急に移ることになったと聞かされたとのことだ。

「どこの屋敷に移ることになったか、隣家の者は聞いているか」

隼兵衛は弥一にたずねた。いえ、と弥一がかぶりを振った。

「なにも聞いておらぬそうです」

そうか、と隼兵衛はいった。つい先日、殿中で勘之助に会ったときのことを思い出した。

あのときすでに勘之助は、なにか決意していたような表情をしていた。

——久岡はだいぶ前から美濃守さまを殺すつもりだったのだな。

そのことに隼兵衛は、まったく気づかなかった。

——くそう。

美濃守殺しを阻止できなかった悔しさが込み上がってきた。

隼兵衛はぎゅっと右手の拳を固めた。それにしても、と思った。

——久岡家の者たちは、いったいどこに消えたのか。

調度も大八車で持っていったというのだから、屋敷の者すべてが身を寄せるところがあるのは、まちがいない。

身を隠したのは、勘之助の縁戚の屋敷か。

それとも勘之助には、身を寄せられるほど親しくしていた書院番の者がいたのだろうか。

仮にいたとしても、久岡家の者が同じ番町の屋敷にひそむとは思えない。

――今のところ、どこか遠方の縁戚の屋敷というのが最も考えやすいな。

しかし、誰もが一番に頭に思い浮かべるような場所に、果たして身を寄せるものなのか。そんな疑問はあるが、今はまず一つ一つ潰していくことこそが肝要だろう。

「久岡家の縁戚について、誰か詳しい者はおらぬだろうか」

隼兵衛はつぶやくようにいった。隼兵衛自身、勘之助とは役目の上では親しくはあったが、久岡家自体について知っていることはほとんどない。

「菩提寺がわかれば、そこの住職から話を引き出せるかもしれぬ」

それに、と隼兵衛は思った。もしかすると菩提寺に勘之助たちがひそんでいるということも十分に考えられるではないか。

「でしたら、それがしが隣の屋敷の者にきいてまいります」

気軽にいって、巨摩造が隣家に向かった。

待つほどもなく戻ってきた。隣家でつかんだことを、巨摩造が隼兵衛に告げる。

「久岡家の菩提寺は、市ヶ谷谷町にある輪泉寺《りんせんじ》という曹洞宗の寺とのことです。それと、久岡家の縁戚についてもきいてきましたが、番町内に二軒、あるそうです」

さすがに気が利くな、と隼兵衛は感心した。

「ならば、その二軒をまずは訪ねてみることにしよう。同じ番町内に久岡家の者がひそんでいるとはさすがに思えぬが、その二軒から話を聞ければ、芋蔓《いもづる》を引くようにほかの縁戚も知ることができるはずだ」

隼兵衛は弥一と巨摩造を連れ、番町にある久岡家の縁戚の屋敷に向かった。

しかし、二軒の縁戚の者たちは勘之助の暴挙を知って戸惑うばかりだった。

予期した通りというべきか、二軒の屋敷に勘之助たちの姿はなかった。

いったん久岡屋敷に隼兵衛たちは戻った。

そこに佐知や十蔵、隆之介、善吉の四人がやってきた。

隼兵衛は四人にきいた。

「どうであった。久岡勘之助を見た者はおったか」

「いえ、見た者を見つけることはできませんでした」

申し訳なさそうに隆之介が答えた。

「そうか」

隼兵衛はうなずいた。

「よいか、今は下を向いている暇はない。なんとしても久岡を捜し出し、引っ捕らえなければならぬ」

力強く宣したのち、隼兵衛たちは二軒の縁戚から聞いた他の縁戚の屋敷を手分けして当たった。

隼兵衛自身、巨摩造を連れて菩提寺の輪泉寺にも行ってみた。

だが、どこにも勘之助や久岡屋敷の者の姿はなかった。

これであきらめるわけにはいかない。

隼兵衛たちは徹底した聞き込みを開始した。

善吉と十蔵に命じて、久岡屋敷の者が入り込んでいないか、空き屋敷も片端から調べさせた。

いったん隼兵衛は千代田城に単身、戻った。勘之助の行方について、なにか新たなことがわかっていないか、中根から話を聞きたかった。

隼兵衛は殿中で中根に会った。これまでの経過を中根に話す。

「そうか、今のところ、手がかりらしいものはなにもないか」

「はっ、申し訳ありませぬ」

「なに、謝ることはない。遅かれ早かれ、必ずや久岡勘之助は捕まる」

中根が口元を引き締めてからいった。

「今のところ、こちらもなんの手がかりもない。今は、久岡の友垣や書院番の組の者に関しては、徒目付が事情をいろいろと聞いておる」

「徒目付が……」

それならば、と思い、隼兵衛は少しほっとした。

――俺が前の同僚たちと顔を合わせることにはならぬか。

隼兵衛は、勘之助の件で書院番の仲間だった者に事情を聞くことは、できれば避けたいことだったのだ。

「おぬしたちは、久岡家に出入りしていた者から話を聞くのだ。そして、久岡勘之助の行方につながる手がかりをつかめ」

「承知いたしました」

頭を下げた隼兵衛は中根の前を辞した。

その後、配下たちと合流し、久岡家に出入りしていた呉服屋や口入《くちいれ》屋、小間物屋、書物問屋の者たちに話を聞いた。

さらに、久岡家が懇意にしていたという八百屋、魚屋などの聞き込みも行った。

勘之助がよく使っていたという料亭の但馬《たじま》屋や、ときおり久岡屋敷に蔬菜《そさい》を持ち込んでいたという百姓にも会った。

なかなかこれといった話を聞けなかった中で、久岡家に出入りをしていた書物問屋の番頭の言葉に隼兵衛は関心を抱いた。

「おぬし、まことに久岡勘之助を料亭の桐嶋で見たのか」

書物問屋の店先で隼兵衛は番頭にきいた。供は善吉だけだ。他の配下たちは手分けして聞き込みに回っている。

「は、はい、まちがいありません」

隼兵衛の迫力に押されたかのように、番頭がおずおずと答えた。

こんなときだが、桐嶋か、と隼兵衛は懐かしく思い出した。書院番だった頃、よく足を運んだものだ。君之丞と一緒のことが特に多かった。

君之丞のことを思い出したら、隼兵衛はまた気分が落ち込んだ。悲しくてならない。君之丞の妻子である紀美世と銀之介のことも頭に思い浮かんだ。

――あの二人のことは、弟御の岩科龍之助どのに任せておけば大丈夫だろう。

隼兵衛はすっと面を上げて番頭を見た。

「そのときの詳細を教えてくれぬか」

「承知いたしました」

番頭がごくりと唾を飲み込んだ。

「手前は、売れっ子の絵師を桐嶋にお招きして接待をしておりました。そのときに、久岡さまのお姿を拝見いたしました。久岡さまはずいぶん厳しい顔をなさっておられたので、手前は声をかけなかったのでございますが……」

厳しい顔をしていたか、と隼兵衛は思った。

「おぬしが久岡勘之助を桐嶋で見たのは、いつのことだ」

「は、はい。五日前のことでございます」

「五日前に桐嶋でな」

今日の青山美濃守刺殺事件とは直接の関係はなさそうだが、今は久岡勘之助のことについて、なんでも知っておかねばならぬと隼兵衛は考えている。

「まちがいなく久岡勘之助だったか。見まちがいということはないか」

隼兵衛は一応、番頭に確かめた。

「それはないと思います」

番頭がきっぱり否定する。

「あの日、手前は絵師を接待する側でしたので、お酒はほとんど口にしておりません。桐嶋の料理は、おいしくいただきましたが……」

「つまり、酔ってはいなかったということか」

「さようにございます」

番頭が深いうなずきを見せた。

「久岡勘之助を桐嶋のどこで見た」

「はい、手前が厠《かわや》を出て手水場《ちょうずば》で手を洗っておりましたところ、廊下を歩かれていた久岡さまに気づきました」

「そのときどのくらい隔てていた」

「ほんの三間ばかりしか離れておりませんでした。ですので、見まちがいということは決してございません」

確信のこもった声でいって、番頭が小腰をかがめた。

隼兵衛は目の前の番頭を見つめた。

「久岡勘之助は一人だったか」

「いえ、もう一人のお方と廊下を歩いていらっしゃいました」

「もう一人と一緒だったのか。それはどんな者だ」

勢い込んで隼兵衛はたずねた。

はい、と番頭が顎を引く。

「ここのところに、丸いあざのあるお侍でございます」

左の頬を人さし指でなぞるようにして番頭がいった。

なにっ、と隼兵衛は思った。

——左頰にあざのある男だと。

眉間にしわが寄ったのがわかった。

急いで懐を探り、隼兵衛は人相書を取り出した。

「この男か」

手にした人相書を、番頭に見せる。

「ちょっとよろしいですか」

人相書を両手でしっかりと持ち、番頭がじっと目を落とす。

しばらくそうしていたが、やがて小さくうなずいた。

「しかとは申せませんが、久岡さまと一緒だったのはこのお人だったように思います」

「そうか。——このあざのある男が何者か、おぬし、存じているか」

「いえ、初めて見るお方でした。手前は存じ上げません」

番頭が首を横に振った。そうか、と隼兵衛はいった。

——このあざのある男が今日、美濃守さまの役宅近くにいたのは偶然ではないな。

とにかく、と隼兵衛は思った。このあざの男が久岡勘之助と関係があるのはまちがいなかろう。

隼兵衛は番頭から目を離し、腕組みをした。

――まるで知らなかったが、久岡も桐嶋によく足を運んでいたのだろうか。

桐嶋の馴染みだったとは、隼兵衛は聞いたことがない。桐嶋で勘之助と一度も会ったことはないのだ。

――とにかく、今から桐嶋に行ってみることだな。

そうすれば、勘之助についてなにか手がかりをつかめるかもしれない。

――あざのある男のほうが、桐嶋の馴染みかもしれぬしな。

書物問屋の番頭に別れを告げ、隼兵衛は通りに足を踏み出した。

さっそく善吉とともに桐嶋に足を運び、隼兵衛は女将《おかみ》に会った。

日暮れまでまだ間があり、桐嶋は店を開けていなかったが、隼兵衛は店内に足を踏み入れることができた。

「旗丘さま、よくいらしてくださいました」

隼兵衛は、帳場近くにある客間に招き入れられた。障子を抜けて、穏やかな陽射しが畳を明るく照らしている。

「これが役目でなかったら、もっとよかったのだが……」

隼兵衛は女将にいった。

「さようですか。お役目でいらしたのですか」

女将が少し残念そうにする。

「女将ともずいぶん長いこと会っておらなんだゆえ、久闊《きゅうかつ》を叙するという意味はもちろんある」

「それはありがとうございます」

女将が深く頭を下げた。

女将はお滝《たき》といい、名店と呼ばれるこの料亭を切り盛りしている。

――俺が最後にこの桐嶋の暖簾《のれん》をくぐったのは……。

塵《ちり》一つ落ちていない畳に端座して、隼兵衛は思い出そうとした。君之丞と一緒に飲んだときであろう。

長船景光を研ぎ屋の岩戸屋から引き取った直後、異国の者とおぼしき撓る剣の持ち主に襲われた晩のことだ。

撓る剣の持ち主との激しい戦いのあと隼兵衛が桐嶋に行くといったことに、善吉がひどく驚いたのが懐かしかった。

善吉は、撓る剣の持ち主に襲われたばかりなのだから飲みに行くなどおやめください、という意味のことを口にしたのだが、隼兵衛はその制止を振り切るようにして、桐嶋に向かったのである。

――ふむ、あのとき以来か……。

小さく咳払いをしてから、隼兵衛は目の前に座したお滝を見つめた。

「今の俺の身分をまずは伝えておこう」

隼兵衛はお滝に、明屋敷番調役を拝命したことを明かした。

「えっ、明屋敷番調役でございますか」

これまで聞いたことのない職名だったのか、それとも、元書院番の次の役目としてはあまりに思いがけないものだったのか、お滝はびっくりしている。

「罷免される形で書院番を離れたが、俺はこうして元気にやっている」

隼兵衛は力こぶをつくってみせた。

「仕事もやり甲斐がある」

「それはようございました」

隼兵衛に眼差しを投げかけて、お滝がにっこりとする。

失礼します、といって桐嶋の奉公人が茶を持ってきた。

「どうぞ、お召し上がりください」

お滝が茶を勧めてきた。

「かたじけない」

隼兵衛は、厚みのある湯飲みを持ち、そっと茶をすすった。

とろりと甘みの強い茶だが、心地よい苦みもあって、しみじみとうまい。

「相変わらず素晴らしい茶だな」

「ありがとうございます」

「いつもここに来たときは、最後に出されるこの茶が楽しみだった」

「ええ、存じておりました。私も、旗丘さまが目を細めておいしそうに召し上がるのを拝見するのが、とても楽しみでした」

「ああ、そうだったのか」

はい、とお滝がうなずき、表情を軽く引き締めた。

「それで旗丘さま。明屋敷番調役さまとして、今日はどのような御用でいらしたのでございますか」

お滝のほうから水を向けてきた。うむ、と隼兵衛は首を縦に動かした。

「我が頭だった久岡勘之助どのについてききたいのだが、女将、誰のことをいっているかわかるか」

「はい、よくわかります」

お滝が深く顎を引いた。

「久岡どのだが、ここにはよく見えていたのか」

客のことだけに、さすがに口にするのは憚《はばか》られたか、お滝がいい淀む。

「いえぬか」

「はい、申し訳ありません」

「いや、客のことはどんなことがあっても口をつぐむというおぬしの姿勢は素晴らしい」

ありがとうございます、というようにお滝がこうべを垂れる。

「だが、ここは教えてもらわなければならぬのだ」

隼兵衛はいい、すぐに言葉を続けた。

「女将、今からいうことは他言無用にしてほしい」

わざわざ釘を刺さずともお滝が口外するはずがないのはわかっているが、隼兵衛はあえていった。

「久岡どのは今日、殿中においてご老中の一人を亡き者にした。刺し殺したのだ」

「ええっ」

さすがのお滝も仰天した。

「なぜ久岡さまがそのようなことを……」

「それをいま調べているのだ。女将——」

はい、と答えてお滝が唾をごくりと飲み込んだ。

「久岡どのは、この店によく来ていたのだな」

「は、はい。旗丘さまや高階さまほどではありませんでしたが」

「久岡どのが最後にこの店に来たのはいつだ」

お滝が少し考えた。

「五日前だったと思います」

書物問屋の番頭の言と一致する。

「久岡どのは、この男と一緒だったか」

頬にあざのある男の人相書を懐から取り出し、隼兵衛はお滝に渡した。

人相書を手に取り、お滝がじっと見る。

「はい、ご一緒でございました」

「この人相書の男は何者だ」

「いえ、申し訳ありませんが、私は存じ上げません。久岡さまがお連れになったお方で、うちには初めていらっしゃいました」

「久岡どのはおぬしに紹介しなかったのだな」

「はい、ご紹介はいただきませんでした」

　お滝が身を縮めるようにしていった。

　――久岡が女将に紹介しなかったのは、この男の身元を秘匿《ひとく》したかったからか。

　面を上げてお滝が口を動かすのを、隼兵衛は見た。

「ただ……」

　つぶやくようにいって、お滝が隼兵衛を見つめてきた。

「いつものように久岡さまをその人相書のお方を含めてお見送りした際、ふく、という言葉が聞こえてまいりました。あれは、久岡さまがその人相書のお方におっしゃったのだと思います」

「ふく、といったのか……」

　顎に手を当てて隼兵衛はいった。

　――久岡勘之助は、この人相書の男の名を呼んだのだろうか。だとすると、名字の一部だろうか。

　福田、福山、福島、福沢、福地、福井などがすぐに思い浮かんだ。

――いや、名字ではなく名かもしれぬな。

その場合、福太郎、福助、福之助、福造、福之進、福兵衛、福右衛門などが考えられるだろうか。

勘之助がいったという『ふく』は、姓名をあらわすものではないかもしれないが、とにかく手がかりの一つであるのは、まちがいなかった。

四

日暮れを少し過ぎたとき、中根からの使いが隼兵衛のもとにやってきた。

千代田城に戻らずともよいから、このまま帰宅せよという命だった。

青山美濃守がこの世からいなくなった以上、警護をする必要がなくなり、老中の役宅に張りついている意味がなくなったからだ。

隼兵衛は弥一たちにその命を伝えた。配下たちもおのおの屋敷に帰っていった。

弥一たちは伊賀者が住まう組屋敷でおそらく暮らしているのだろうが、隼兵衛には配下たちの住処《すみか》がどこなのか、正確にはいまだにわかっていない。

いずれ知ることになるだろう、と隼兵衛は別に気にしていない。

「お帰りなさいませ」

玄関を入ってきた隼兵衛を見つめ、式台に座した絹代がうれしそうに出迎えた。

満面に笑みを浮かべるとは、と隼兵衛は妻の顔を眺めて思った。

――今の絹代のようなことをいうのであろうな。

そう隼兵衛に思わせるほど、絹代は喜びを露わにしている。

「うむ、ただいま戻った」

玄関を入った隼兵衛は、長船景光を腰から鞘ごと抜き取って絹代に渡した。

「いま足すすぎの水を持ってこさせます」

絹代の命に応じて、下男の磐吉《いわきち》が水をたたえたたらいを持ってきた。

隼兵衛は式台に腰かけ、雪駄を脱いだ。

「私がやりましょう」

長船景光を磐吉に預けた絹代が三和土《たたき》に下り、隼兵衛の足を洗いはじめた。

「ああ、なんと気持ちよい……」

隼兵衛の口から、自然に嘆声が漏れ出た。

「足の汚れを取ると、それだけで疲れが取れるそうでございますよ」

隼兵衛の足をせっせと洗いながら、絹代がそんなことをいった。

「ほう、そうなのか。いわれてみれば、気分がすっきりしてきた」

たらいの水は、すでに茶色く濁っている。その分、すっかりきれいになった隼兵衛の足を、絹代が手ぬぐいで丁寧に拭いた。

「ああ、とても気持ちよかった。絹代、かたじけない」

礼をいって隼兵衛は式台に上がった。

「絹代、俺が留守にしているあいだ、変わりはなかったか」

すぐには廊下を歩き出さず、隼兵衛は妻にきいた。

「別になにもありませぬ。平穏なものでした」

笑みを浮かべて絹代が答えた。そうか、と隼兵衛はいった。

——撓る剣の持ち主が俺の住処を知らぬはずがないが、やつらが絹代たちになにもせぬのは、家人たちを標的にするつもりがないからか。だが、それも今だけで、いずれ牙をむいてくるかもしれぬ。

やはり、と隼兵衛は思った。住み慣れた屋敷ではあり、自分は養子の身ではあるが、早めに伊賀者の組屋敷に越したほうがいいのかもしれない。

そうすれば、隼兵衛が屋敷を留守にしているあいだも組屋敷の伊賀者が絹代たちを守ってくれるのではないか。

「そなたがいてくれるからこそ、俺も安心して役目に励むことができる。絹代、心から感謝している」

「あなたさまの妻として、家を守るのは当たり前のことです」

隼兵衛の目をじっと見て、絹代がさらりといった。

「しかし、いうは易く行うは難しだ。とにかく俺は絹代に感謝している」

隼兵衛は廊下を歩き出した。長船景光を手にした絹代が後ろをついてくる。

居間の前で立ち止まり、隼兵衛は腰高障子を開けた。

途端に、懐かしいにおいを嗅いだような気分がした。

——この障子を開けると、ここが俺の家だという気になるな。

体をふんわりと包み込んでくれる温かみにあふれているというのか。

隼兵衛は畳の上に座した。

「落ち着くな」

居間に入ると、隼兵衛は心の底からくつろげる。

しかし、この屋敷を移らないとならないかもしれないことに、隼兵衛の心は痛んだ。

絹代が長船景光を刀架にかけ、隼兵衛の前に端座した。

「あなたさま、夕餉《ゆうげ》になさいますか。それともお風呂にしますか」

「うむ、腹が空いているが、先に風呂がよいかな。もう沸いているのか」

「はい。なんとなくあなたさまが戻られるのではないかという予感がいたしまして、磐吉に命じてお風呂の支度をさせました。今なら、ちょうどよい湯加減ではないでしょうか」

「それなら、先に風呂に入らせてもらうか」

一応、長船景光を手に持って隼兵衛は居間を出た。廊下を歩いて脱衣場に入る。

衣服を手早く脱いだ隼兵衛は板戸を開けて、風呂場に足を踏み入れた。板壁に長船景光を立てかける。

風呂の蓋を取った隼兵衛は、まず簀《す》の子《こ》の上で体を洗おうとした。

そのとき脱衣所に人の気配がし、隼兵衛は持っていた湯桶《ゆおけ》を簀の子にそっと置き、長船景光に手を伸ばした。

しかし、長船景光を手にすることはなかった。脱衣所に入ってきたのが、絹代だとわかったからだ。

「あなたさま」

板戸の向こうから声がかかる。

「どうした、絹代」

「お背中を流させてください」

「おっ、よいのか」

隼兵衛は声を弾ませた。

「もちろんです」

からりと板戸が開き、襦袢《じゅばん》だけを身につけた絹代が入ってきた。

これはまたずいぶんと色っぽいな、と隼兵衛は妻の姿に見とれた。

「では、お背中を流しますね」

うむ、といって隼兵衛は簀の子の上にあぐらをかいた。隼兵衛の背中側に回った絹代が湯船から湯桶で湯をすくい、隼兵衛の体にざぶんとかけた。

「ふむ、生き返るな」

「さようですか」

手ぬぐいを使って、絹代が隼兵衛の背中をごしごしとこすりはじめた。

「ああ、気持ちよいな」

隼兵衛の口から嘆声が漏れた。

「すごく垢《あか》が出てきました」

「そうだろうな。久しぶりの湯だ」

鼻歌でも歌いそうに、絹代は楽しそうに手ぬぐいを使っている。

「本当に切りがありませぬ。次から次へと出てきます」

絹代が湯桶で隼兵衛に勢いよく湯をかける。

「まだまだ出ます」

うれしそうに絹代は隼兵衛の背中をこすり続けている。

手ぬぐいで背中をこすって湯をかけ、ということを何度か繰り返したのち、絹代の手が止まった。

「背中の垢は、全部とれたようです。きれいになりましたよ」

その後、隼兵衛は手足までも絹代に丹念に洗ってもらった。

「さあ、お湯にお入りください」

うむ、といって隼兵衛は久しぶりに肩まで湯に浸かった。ああ、と吐息が出る。

「絹代も入るか」

目を開けて隼兵衛は誘った。

「いえ、とんでもない」

手を振って絹代が固辞する。

「そのようなことをいわず、一緒に入ろうではないか」

「いえ、駄目です」

「よいではないか」

それでも絹代は、うんといわない。

――しようがないな。

いったん湯船を出た隼兵衛は、絹代の体を軽々と持ち上げた。きゃっ、と絹代が娘のような声を上げる。襦袢を着たままの絹代を湯船に放り投げると見せかけて、隼兵衛はそっと湯に浸からせた。

「どうだ、気持ちよかろう」

簀の子の上から隼兵衛はほほえみかけた。

「ええ、とても」

襦袢のまま湯に浸かって絹代が笑い返す。

「よし、俺も入ろう」

隼兵衛は湯に浸かった。すぐに絹代が隼兵衛にしなだれかかってきた。

こうして一緒に湯に入ることなど、夫婦になって初めてのことではないか。今までそんな機会は一度もなかった。

「寂しかった……」

絹代がつぶやいた。

「済まぬな、絹代。寂しい思いをさせて……」

「いえ、謝るようなことではありませぬ。あなたさまは、お役目に励んでおられるのですから……」

「だが、書院番のままなら、絹代に寂しい思いをさせることはなかっただろう」

「でも、あなたさまは今のほうが充実しているのではありませぬか」

「ふむ、そうかな」

考えてみれば、書院番のときは登城してからずっと詰所で端座しているしかなかった。ときが過ぎるのを、目を閉じてひたすら待っていたような気がする。江戸市中の見廻りや将軍の他出時に供につくこと以外、千代田城の外に出ることも滅多になかった。

それが今はちがう。明屋敷番を拝命して以来、千代田城の外にいることがほとんどだ。時もあっという間にたつ。気づけば、夕暮れ間近ということばかりである。

——書院番のときも気を張って勤めていたが、今のほうが絹代のいう通り、充実しているかもしれぬ。

「絹代……」

手を伸ばし、隼兵衛は絹代を抱き寄せた。

「ああ、ずっとこうしていたい……」

隼兵衛の肩に頭を預けて、絹代がうっとりと目を閉じる。

「本当にな」

隼兵衛は絹代の唇を吸った。ああ、と絹代が吐息を漏らす。

ここが寝所だったら、と隼兵衛は思った。今すぐにでも寝所に行きたくなった。

「あなたさま――」

目を開けて絹代が呼びかけてきた。我に返ったような顔をしている。

「今日、なにかあったのですか。番町がずいぶんと騒がしいというか、ひどく落ち着かぬ感じがしておりました」

隼兵衛は、今日の殿中での出来事を絹代に話すことを決めた。どうせ明日になれば、噂が広まり、絹代はなにが起きたか知ることになろう。

「実はな、絹代」

隼兵衛はなにがあったか語った。

「えっ、久岡さまが青山美濃守さまを……」

まことですか、といいたげな顔で絹代がまじまじと隼兵衛を見つめてくる。

「番町の人たちはそのことを噂で知っていたのですね。だからあんなに落ち着かなかったのですね。――あなたさま、久岡さまが下手人でまちがいないのですか」

「うむ、まちがいない」

「なにゆえ久岡さまはそのようなことをなされたのでしょう……」

「なんとしても俺もその理由を知りたいと思っている。それゆえ、必死に久岡どのを追いかけているのだが……」

ふう、と隼兵衛は息をついた。

「今のところ、行方《ゆくえ》はさっぱりつかめぬ」

「さようでございますか」

「今日はとにかく体を休めて、明日への英気を養うしかあるまい」

「はい、是非そうなされませ」

湯船の中で隼兵衛は力強く立ち上がった。絹代から力をもらったような気分だ。

「絹代、腹が減ったぞ」

「ああ、さようにございますね」

絹代も立った。体に襦袢がぴったりと貼りついて、さらに色っぽく見える。

だが、絹代は恥ずかしそうにそそくさと湯船を出て、脱衣所に行ってしまった。

――まあ、今は仕方ないな。

寝所で存分にかわいがるしかあるまい、と隼兵衛は思った。

五

絹代のおかげで今まで以上の英気を取り戻した隼兵衛は、早朝から千代田城の下乗橋の前に善吉を含めた六人の配下すべてを集め、指示を発した。

弥一と巨摩造には、久岡勘之助の家人たちや奉公人が屋敷を退去したあとの足取りを探ること。

佐知と十蔵には、久岡勘之助の縁者たちを当たり、勘之助がひそんでいないか探ること。

隆之介と善吉には、千代田城から逃げる久岡勘之助の姿を見た者がいないか捜すこと。

その上で隼兵衛は、左頰にあざのある男の人相書を弥一たちに手渡した。これは昨日、眠る前に隼兵衛が描いたものだ。

「この男を知る者がおらぬか、今日会う者すべてにきいてくれ」

「承知しました」

弥一たちが声をそろえた。

「ところで、お頭はどうするんですか」

隼兵衛のそばに寄って善吉がきいてきた。

「俺は日本橋に行ってみるつもりだ」

隼兵衛は善吉だけでなく、弥一たちにも聞こえるようにいった。

「へえ、日本橋ですかい。殿さまは、日本橋へなにしに行かれるんですか」

善吉が不思議そうにきく。

「菊坂屋という酒問屋のことを調べてみるつもりだ。菊坂屋は、こたびの一件ときっとなにかしらのつながりがあるのではないかと俺はにらんでいるのだ」

中根によれば、中根の配下が例の渋谷村の空き家の持ち主について調べているとのことだったが、どうやらあまり進展がないようなのだ。ならば俺が、という気に隼兵衛はなっているのである。

「菊坂屋というと、確か、下野の酒を仕入れていて、その酒蔵が火事になったことが発端で潰れてしまったという酒問屋ですね」

「善吉、よく覚えているな。その通りだ」

善吉のことをほめてから、隼兵衛は弥一たちの顔を見た。

「では、役目に励んでくれ。頼んだぞ」

「わかりました」

弥一たちが声を合わせ、すぐさま隼兵衛の前から散っていく。

「よし、紀一郎。行くぞ」

配下たちを見送ってから、隼兵衛は旗丘家の若党に向かっていった。

「承知いたしました」

紀一郎を従えて、隼兵衛は日本橋へと向かった。

渋谷村の名主のせがれ斉之助によれば、菊坂屋があったのは、日本橋白壁町《しらかべちょう》である。

途中、むっ、と隼兵衛は神経をそばだてた。隼兵衛は誰かが背後をつけてきているのではないか、という気配を感じたのだ。

――撓る剣の持ち主か。

さりげなく振り向いて、隼兵衛は気配のするほうをちらりと見た。

だが、自分をつけているとおぼしい者はいなかった。撓る剣の持ち主は異人であろう。深編笠かなにかで顔を隠していなければ市中を歩くことなどできないだろうが、その手の者は隼兵衛の視界には入らなかった。

結局その後、眼差しらしいものは感じなかった。紀一郎の案内で、前に菊坂屋があった場所はわかった。

「ふむ、ここか」

「はい、そのはずです」

行きかう人の邪魔にならないように隼兵衛は通りの端に立ち、前は菊坂屋があったという建物を見やった。

今は別の店になっている。建物の横に張り出している看板からすると、小麦などを扱う穀物問屋のようだ。

店の正面の屋根に、方田《ほうだ》屋と扁額が掲げられていた。

間口は五間ほどで、方田屋の取引先の者なのか、商人とおぼしき男たちが紺色の暖簾をしきりにくぐっていく。

足を踏み出して、隼兵衛もまだ揺れている暖簾を払った。紀一郎が後ろについてくる。

十畳ほどの広さの三和土の上に立ち、隼兵衛は店内を見渡した。店内は薄暗く、どこか粉っぽさを感じさせるものがあった。

「いらっしゃいませ」

もみ手をして手代らしい男が寄ってきた。

「商売で来たわけではないのだ」

隼兵衛は自らの身分を告げた。

「はあ、明屋敷番さまでございますか」

いかにも初めて耳にしたという顔だ。

「今は渋谷村の空き家について調べている」

「渋谷村の空き家でございますか」

わけがわからないという表情で、手代が隼兵衛を見上げてきた。

うむ、と隼兵衛はうなずいた。

「渋谷村のその空き家は、ここに以前、店を構えていた酒問屋の菊坂屋の持ち物だった」

「菊坂屋さんでございますか……」

知っている名ではないというように首をひねりながら手代がいった。

「知らぬか」

「はい、申し訳ありません。その名は初めて聞きましてございます」

手代が丁重にこうべを垂れた。

「では、この店に昔のことに詳しい古株の者はおらぬか」

「相済みません」

手代が小腰をかがめた。

「うちは、暖簾分けされたあるじが店を出したのが一年ばかり前のことで、働いているのは若い者ばかりでございます」

「ふむ、そうか。一年前では、前のことに詳しい者がおらぬのも無理はない」

菊坂屋が潰れたのが一年半前のことだと、斉之助はいっていた。

空き家になっていたこの店を、暖簾分けされた方田屋の今の主人が買い取ったということか。

「おぬしのあるじは、口入屋の周旋でこの建物を手に入れたのか」

隼兵衛は別の問いを手代に投げた。

「はい、おっしゃる通りでございます」

「周旋したのがなんという口入屋か、おぬし、知っているか」

「はい、存じております。入江屋《いりえや》さんと申します」

「その入江屋は近所か」

「ええ、けっこう近くでございます」

手代が入江屋の場所を伝えてきた。

「もう一つよいか」

軽く咳払いして隼兵衛は申し出た。

「おぬし、この町の町名主の家がどこか知っているか」

「はい、知っております。すぐ近くですよ」

手代が道順をすらすらと述べた。

「この町の町名主はなんという名だ」

「はい、岸右衛門《きしえもん》さんとおっしゃいます」

「岸右衛門どのだな。よくわかった」

隼兵衛はこれで切り上げることにした。

「忙しいところを済まなかった」

「いえ、こちらこそお役に立てませんで」

「いや、そのようなことはない。おぬしのおかげで調べが進展するのはまちがいない」

手代にきっぱりといって、隼兵衛は方田屋をあとにした。

「では紀一郎、まずは町名主の家に行くぞ」

隼兵衛は紀一郎に命じた。

「岸右衛門という町名主の家のほうが入江屋よりも近いはずだ」

おっしゃる通りでしょうというように紀一郎が顎を引いた。

「では殿、まいりましょう」

うむ、と隼兵衛はうなずき、紀一郎の背中を見ながら通りを歩いた。

方田屋から半町ほどの辻を右に曲がり、そこから十間ほど行ったところで、紀一郎が立ち止まった。右側に建つ大きな家を見つめている。

「どうやらこの家のようですね」

まちがいあるまい、と隼兵衛は思った。門こそないが、家は武家屋敷を思わせる構えで、あたりの町屋とは一線を画した造りなのだ。

ぐるりを巡っているらしい木塀にくぐり戸が設けられている。失礼するといって、隼兵衛はそれを開けた。

やや苔《こけ》むした石畳を踏んで戸口に立ち、頼もう、と訪《おとな》いを入れた。

すぐに女の声で応えがあり、戸が静かに開いた。若い女が顔をのぞかせ、隼兵衛を見る。

「あの、どちらさまでしょうか」

隼兵衛はすぐさま名乗り、役名も口にした。

「役目の上で、町名主の岸右衛門どのにお目にかかりたいのだ」

「あっ、はい、明屋敷番さまでございますね。承知いたしました。では、こちらにおいでくださいますか」

若い女が戸を大きく開けた。隼兵衛たちは、戸口を入ってすぐの右手にある八畳間に招き入れられた。掃除が行き届いた、気持ちのよい部屋である。

「いま旦那さまを呼んでまいりますので、しばらくお待ちください」

女はどうやらこの家の女中のようだ。

「かたじけない」

隼兵衛と紀一郎はそろって頭を下げた。

「お茶もお持ちします」

「いや、気を使わんでくれ」

にこりとした女が、失礼します、と障子を閉めた。足音が遠ざかっていく。

さして待たないうちに、足音が戻ってきた。先ほどの女が障子を開ける。

「お茶をお持ちしました」

女は隼兵衛と紀一郎の前に茶托を置き、その上に湯飲みをのせた。

「どうぞ、お召し上がりください。旦那さまはすぐにまいりますので」

盆を手にした女が一礼して部屋を出た。障子が閉められる。

「ふむ、喉が渇いたな。遠慮なくいただくとするか」

隼兵衛は紀一郎にいい、湯飲みに手を伸ばした。茶をすすると、さわやかな苦みが喉をくぐり抜けていった。

「ああ、うまい。紀一郎もいただけ」

遠慮したようにこちらを見ている紀一郎に隼兵衛はいった。

「はい、わかりました」

両手で湯飲みを持って紀一郎が茶を喫する。

「まことにおいしいお茶ですね」

にこっと笑って紀一郎がいった。

「うむ、いい茶葉を使っているな」

隼兵衛と紀一郎が茶を飲み終わり、湯飲みを茶托に戻したのを見計らったかのように、失礼いたします、と障子越しにしわがれた声がかかった。

障子が横に滑り、小柄で頭が真っ白になっている年寄りが姿を見せた。

「お待たせいたしました。手前が岸右衛門でございます」

頭を下げて岸右衛門が敷居を越え、隼兵衛たちの前に端座する。

隼兵衛は改めて名乗り、紀一郎のことも紹介した。

「旗丘さまに江藤さまでございますね。ありがとうございます」

岸右衛門はにこにこしている。しわ深い顔に細い目が埋もれているかのように見える。人のよさそうな骨柄《こつがら》に感じられた。

「旗丘さまは、明屋敷番さまとうかがいました。そのお役目でうちにいらしたとか」

「その通りだ」

隼兵衛は大きくうなずいた。

「菊坂屋について聞きたいのだ」

一瞬、岸右衛門がいぶかしげな顔になった。

「それは、酒問屋だった菊坂屋さんのことでございますか」

「そうだ。今は方田屋になっている建物の持ち主の菊坂屋だ」

「はい、わかりました」

顎を引いて岸右衛門がいった。

「菊坂屋さんのどのようなことをお調べになっているのでございますか」

「渋谷村に所有していた別邸を菊坂屋が手放した際のいきさつだ。おぬし、そのことについて知らぬか」

「いきさつでございますか……」

岸右衛門が首をかしげた。

「取引のあった蔵元が火事で焼けてしまい、その再建のために菊坂屋が金を出したことは知っている。その後、蔵元が前のような出来のよい酒が醸せず、菊坂屋の商売も行き詰まっていったことも知っている。知りたいのは、五年ほど前、渋谷村の別邸が今の持ち主に渡った経緯だ」

「いえ、それについては申し訳ありませんが、手前は存じ上げません。菊坂屋さんが別邸を手放したことは存じておりますが、それについての詳細は聞いておりませんので……。まことに申し訳ないことでございます」

そうか、と隼兵衛はいった。

――渋谷村の名主が知らなかったことを、遠く離れた日本橋白壁町の町名主が知っているはずもないか。

「店を畳んだあと、菊坂屋のあるじやその家人、奉公人の消息を知らぬか」

「ご主人の定之助《さだのすけ》さんは店を閉めてすぐに病で亡くなりました。お内儀のおとみさんは十代半ばだった娘さんと一緒に故郷に帰りました。奉公人は全員が四散してしまっているんじゃないでしょうか。今どうしているか、手前が知っている者は一人もおりません」

「そのおとみという内儀の故郷はどこだ」

「上州《じょうしゅう》と聞いております。確か高崎のはずでございます」

上州高崎か、と隼兵衛は思った。話を聞きに行くのには、さすがに遠すぎる。

「では、これを見てくれるか」

懐から人相書を取り出し、隼兵衛はそれを岸右衛門に渡した。

「その侍に見覚えはないか。菊坂屋から別邸を買い取ったときに関わったと思える男だ」

「ああ、このあざのあるお侍なら、覚えておりますよ」

岸右衛門が明るい声を上げた。

「菊坂屋さんでは、店内で立ち飲みができるようになっていたのですが、手前はよくお邪魔をしていたのですよ。あれは五年ほど前でしょうか、このお侍を菊坂屋さんで何度か見かけたことがありますね」

「この侍が何者かわかるか」

隼兵衛にきかれて岸右衛門が考え込む。

「定之助さんにあとできいたら、御奏者番《おそうじゃばん》のご家中だと教えてもらいました」

奏者番だと、と隼兵衛は思った。奏者番は大名職で、譜代大名がつとめることが多い。隼兵衛は身を乗り出した。

「どこの家中の者か、定之助はいっていたか」

岸右衛門がかぶりを振った。

「いえ、それについてはおっしゃいませんでした」

顔をしかめて隼兵衛は畳に顔を向けた。奏者番と一口にいっても、三十人近くいるのだ。

だが、それでも一歩、前に進んだといってよいだろう。収穫であるのはまちがいない。

五年前に奏者番をつとめていた者を洗い出し、そこからあざのある侍が家臣となっている大名家を捜し出すのは、さして難しいことではないように隼兵衛には思えた。

これ以上、岸右衛門にきくことはないと判断した。礼をいって隼兵衛は岸右衛門の前を辞し、紀一郎とともに外に出た。

「奏者番のことを調べるゆえ、俺はいったん千代田城に戻る。紀一郎、下乗橋まで一緒に来てくれ」

承知いたしましたという返事を聞いて隼兵衛は歩き出した。

ふと、背後から眼差しのようなものを覚えた。しばらくそのまま進んだが、やはり、と隼兵衛は思った。

――後ろをつけてくる者がいるのではないか。

ただし、その眼差しに殺気や敵意のようなものは感じない。ただ尾行してきているだけのようだ。

――誰かに命じられて俺をつけているのか。よし、捕まえて吐かせてやる。

後ろを向くと、尾行者に気づいたことを感づかれる恐れがある。前を向いたまま隼兵衛は、紀一郎の背中に声をかけた。

「紀一郎、そこの角を右に折れてくれ」

えっ、という素振りを一瞬したが、紀一郎は隼兵衛の命に従った。隼兵衛もなに食わぬ顔であとに続いた。

「紀一郎はそのまま行ってくれ」

紀一郎に命じて、隼兵衛はそこにあった用水桶の陰に身をひそめた。紀一郎が足早に遠ざかっていくのを、かがんだ姿勢で見送る。

すぐに、足音を殺して角を折れてきた者がいた。用水桶の陰からさっと出た隼兵衛はその前に立ちはだかり、男の顔をじっと見た。

拍子抜けした。

「石羽どのか」

――この男がつけていたのか。なるほど、深編笠などしておらぬわけだ。

待ち構えていた隼兵衛を目の当たりにして冶五郎は、うっ、という顔をした。いつの間にか冶五郎はそぎ落とされたような頬になっており、憔悴したような目を餓狼《がろう》のようにぎらつかせている。

なんとしても青山美濃守の仇を討とうとしているのは明白である。

「なにか用か」

隼兵衛がいうと、顔をぐっと近づけて冶五郎がにらみつけてきた。

「いったいどうなっておるのだ」

語気荒く冶五郎が問い詰めてきた。

「どうなっているとは、なんのことだ」

隼兵衛は冷静な口調で返した。

「我が殿は、なにゆえ久岡勘之助に殺害されなければならなかったのだ。きさまはなにか知っているのであろう。旗丘、説明せい」

「それについては、俺も是非とも知りたいと思っている。そのために、今も一所懸命に役目に励んでおる」

「きさま、昨日は我が殿のそばにいたのではないのか」

「美濃守さまは、老中の御用部屋にて殺害されたのだ。申し訳ないが、御用部屋に俺は立ち入ることはできぬ。美濃守さまを守ることはできなんだ」

「久岡勘之助は御用部屋に入れたのか」

「誰の許しを得たわけでもなく、ずかずかと入っていったらしい」

「それで我が殿を刺したのか」

「そういうことだ。あまりに突然のことで、誰も止めようがなかったようだ」

ふむう、となって治五郎が隼兵衛をねめつけてきた。

「久岡勘之助はきさまの頭だった男であろう。なにゆえ、いまだに捕まえられらぬのだ」

「手を尽くして久岡の行方は捜している。まだ判明しておらぬだけの話だ。いずれ必ず捕まえる」

隼兵衛は冶五郎を見つめ返した。

「おぬしは俺のあとにくっついていれば、久岡のもとに必ずや連れていってくれると考えたのだな。見つけるやいなや、久岡を斬り殺すつもりで……」

「当然だ」

冶五郎が首肯する。

「わしは殿の仇を討たねばならぬ。だが残念ながら、わしには探索の力がない。それゆえ、おぬしのあとをついていくしかなかったのだ」

「ならば、おぬしも俺に力を貸すがよい」

「力を貸すだと」

「おぬし、この男を知っているか」

隼兵衛は、懐からあざのある侍の人相書を取り出した。

「どうやらこたびの一件で、この男が鍵を握っているのではないかと俺はにらんでいる。ほんの数日前、久岡はこの男と料亭で会っている。その上、昨日の美濃守さまの登城時の行列を、この男は役宅のそばで見守っていた」

「なにっ」

あざのある侍の人相書を、冶五郎が奪うように手にする。

「おっ」

目をみはった冶五郎が声を漏らした。

「石羽どの、その男を知っているのか」

冶五郎を見据えて隼兵衛は鋭くきいた。

「い、いや……」

冶五郎が首を横に振った。すぐに人相書を返してくる。

なんとも嘘の下手な男だな、と隼兵衛は冶五郎を見つめて思った。

「力を貸せぬで済まぬな。その人相書の男が誰か、わしは知らぬのだ。——では、これで失礼する」

ごほん、と大仰なまでの咳払いをして、冶五郎が体を返した。その場からそそくさと立ち去っていく。

冶五郎は、先ほど曲がったばかりの角は曲がらず、まっすぐ道を進んでいく。歩きながら何度かこちらを振り返り、隼兵衛がその場を動かずにいることを確かめるような眼差しを送ってきた。

冶五郎の姿が雑踏に紛れるまで、隼兵衛はじっと動かずにいた。

隼兵衛のそばに、紀一郎が戻ってきた。

「今のは石羽さまですね」

「うむ。今から俺は石羽どのをつける。紀一郎は俺のあとを、十間ばかり離れてついてきてくれ」

「承知いたしました」

すでに冶五郎の姿はときおり見えるだけで、豆粒ほどになっている。これ以上離れると、さすがに見失ってしまうだろう。

——よし、行くか。

小走りになり、隼兵衛は冶五郎のあとを追いはじめた。

すぐに冶五郎の後ろ姿が、くっきりと視界に入り込んできた。

冶五郎は一心不乱に歩いており、後ろを振り向くような真似はしないが、決して悟られないように一町近くを隔てて隼兵衛はあとをつけていった。

尾行の際は背中や頭を見ぬように、と佐知からいわれている。人というのはそのあたりを見られると、眼差しを感じるようにできているのとことだ。腰のあたりに目を当てるのがよいとのことだ。

やがて冶五郎は、一軒の武家屋敷の前に立った。

——ここは駿河台《するがだい》だな。

どうやら冶五郎が、その屋敷に訪いを入れようとしているのが隼兵衛にわかった。

——あそこがあざのある侍の屋敷なのだろうか。

隼兵衛は駆け足で冶五郎に近づいた。

その足音を聞きつけて、門前の冶五郎がこちらをはっとして見た。おっ、という目で隼兵衛をにらみつける。

「きさま、つけておったのか」

いまいましげに冶五郎がいう。

「それはお互いさまだろう。石羽どの、この屋敷にあざのある侍がいるのか」

冶五郎からの答えがないことを承知で、隼兵衛はきいた。がっちりと閉まっている長屋門をじっと見る。

門の両脇に、まだ火の入っていない家紋入りの提灯が掲げられている。

——井桁《いげた》に立ち沢瀉《おもだか》か。この家紋の大名家というと……。そうか、なるほど、それゆえ桐嶋の女将は、ふく、と耳にしたのか。

「ここは、奏者番の福島大和守《ふくしまやまとのかみ》さまのお屋敷だな」

隼兵衛の言葉を聞いて、冶五郎が瞠目する。

「明屋敷番というのは、すべての屋敷の持ち主を諳《そら》んじておるのか」

「空き屋敷に異状がないかを調べる役目ゆえ、そうありたいと思っているが、すべてというのはさすがに無理だな。三百諸侯や主な旗本の屋敷を覚え込むのが、今のところ精一杯だ」

「それでも、三百諸侯の屋敷を覚えておるのか。下屋敷や中屋敷、抱《かかえ》屋敷もか」

「まあ、そうだ」

「そいつはすごい……」

「やる気になれば、なんでもできる」

隼兵衛は冶五郎に眼差しを当てた。静かに口を開く。

「福島大和守重克《しげかつ》さまは、上さまの寵愛《ちょうあい》が深いお方だったな。以前は旗本だったが、加増が相次ぎ、今は大名家となって奏者番をつとめておられる。そんなお方の屋敷に、あのあざのある男がいるというのか。福島さまの家臣なのか」

「ああ、まず家臣であろうな」

苦々しい顔つきで冶五郎が答えた。

「五、六年前のことか、きさまの人相書にそっくりの侍が福島大和守さまのそばについているのを見たことがある。我が殿が頼み事をするために、大和守さまにお目にかかったときのことだ。その頃はまだ我が殿はご老中になっておらなんだ……」

　唇を嚙み締めるように冶五郎がいった。

「ではおぬし、あざのある侍の名を存じているのか」

「いや、そこまでは知らぬ。そのときはこの男の名など、格別に関心はなかった」

　大名家の家老ならともかく、一介の家臣の名は隼兵衛もほとんど覚えていない。

「石羽どの、おぬしはあざのある侍に会うつもりでここまで来たのだな」

「当たり前だ」

　冶五郎が傲然といい放つ。

「久岡勘之助の居場所を知っておるかもしれぬ者には、漏れなく会うつもりでおる。脅してでもやつの居場所を吐かせてやる」

　すごむようにいって、冶五郎が屋敷に向き直った。

「頼もう」

　かたく閉まった門を、どんどんと叩いた。

　すぐに武者窓が開いて、どちらさまですか、という声が発せられた。

「それがしは青山美濃守さま家中、石羽冶五郎と申す者。福島大和守さまにお目にかかりたい」

「殿は、いま他出しておられます」

「他出中か。――おい、きさま」

顔を転じ、冶五郎がいきなり隼兵衛を呼んできた。

「先ほどの人相書を貸せ」

「ああ、わかった」

隼兵衛は冶五郎に、あざのある侍の人相書を渡した。

「この男だが、福島家中の家臣か」

武者窓に向かって冶五郎は、人相書がよく見えるようにかざした。

「残念ですが、こちらからその紙にどのようなものが描かれているのか、はっきりと見えませせぬ」

そんなとぼけた言葉が返ってきた。

「ならば、はっきりと見えるところまで出てくればよかろう。そこから出て、とっとこっちに来い」

「それがしには、そこまでする理由がありませぬ。では、これで失礼いたします」

武者窓がぱたりと音を立てて閉まった。

「おい、きさま」

冶五郎が怒鳴ったが、武者窓は開かない。

冶五郎がまたしても門を激しく叩いた。しかし、武者窓同様、こちらも応えはない。

冶五郎はくぐり戸も強く押したが、閂《かんぬき》がかかっているらしく、わずかにきしむように動いただけだ。

「くそう」

顔をゆがめ、冶五郎が地団駄を踏んだ。

「石羽どの、ここはあきらめて出直したほうがよかろう」

いい聞かせるように隼兵衛はいった。

「この刻限では、どのみち福島大和守さまは、千代田城に出仕なさっておられよう」

「そうか、福島大和守さまは千代田城にいるのだな」

冶五郎がきらりと目を光らせた。

「では、千代田城そばの大名の家臣たちが侍《はべ》っているところに行けば、あざのある男に会えるのではないか」

「確かに、侍っているかもしれぬな」

隼兵衛は同意してみせた。

「よし、ではわしは行ってみるぞ。久岡勘之助のことを問い詰め、必ず吐かせてやる」

　ふう、と勢いよく息を吐き出して、冶五郎が歩きはじめた。すぐに足を止め、隼兵衛を振り向く。

「おい、きさま、またついてくるのではあるまいな」

「いや、その気はない。安心してくれ」

「嘘ではなかろうな」

　隼兵衛を見つめ、冶五郎が確かめてきた。

「嘘などつかぬ。おぬしは千代田城に行くのだろう。俺は行かぬ。ただそれだけのことだ」

「では、きさまはなにをするのだ」

　冶五郎にきかれて、隼兵衛はにやりとした。

「それはいえぬ」

　しばらく隼兵衛を凝視していたが、ふん、と鼻を鳴らして冶五郎が前を向いた。すぐに歩を踏み出し、足早に歩き去っていく。

　大股に歩いていくその姿を、隼兵衛は身じろぎせずに見送った。

第四章

一

福島大和守は千代田城に出仕中で、まだ帰ってきていないが、隼兵衛は紀一郎を使いに走らせてすべての配下を駿河台に呼び、福島屋敷の監視をはじめた。

——この屋敷に、久岡が匿《かくま》われているということは考えられぬか。

隼兵衛は福島屋敷を眺めて思った。

——十分に考えられるな。

大和守は、青山美濃守殺しに関係しているのか。

——もちろん、それも考えられる。

もし勘之助がこの屋敷に匿われているとして、大和守との関係は、いかなるものなのか。

それについては、今のところさっぱりわからない。大名と旗本とは、意外なところでつながっていることがあるから、それについては徹底した調べが必要だろう。

そして、と隼兵衛は思った。

――あざのある侍は、まことに大和守さまの家臣なのか。家臣だとしたら、どのような立場にいる者なのか。

隼兵衛の脳裏には、なおも立て続けに疑問が浮かんでくる。

――ふむ、大和守さまに関して、なにも知らぬままではいかぬな。

出自や人となりなどを知る必要がある。

そう判断した隼兵衛は、そばにいる佐知にささやきかけた。

「ちょっと出てくる」

「はい、わかりました」

「千代田城に行き、壱岐守さまにお目にかかってくる。できるだけ早く戻る」

「承知いたしました」

いま隼兵衛たちは、福島屋敷近くの辻番所に身をひそめている。美濃守の老中役宅を監視したときと同じ手法をとったのだ。

「では、行ってくる」

佐知にいって隼兵衛は辻番所をあとにした。

刻限は七つを過ぎているだろう。日はだいぶ傾いている。

途中、下城する大和守の行列に会うのではないかと思っていたが、まだ千代田城に居残っているのか、目にすることはなかった。

あまり人けの感じられない殿中に上がり、隼兵衛は中根に会った。

大和守のことを報告する。

それを聞いて中根が眉根を寄せた。

「大和守どのの家臣に、あざのある男がおるのか……」

顎に手を当て、中根がつぶやく。

「わしは会ったことがないな」

「滅多に人の前にあらわれぬ男ではないかという気がいたします」

懐刀《ふところがたな》として汚れ仕事を請け負っているような男ではないか、と隼兵衛はなんとなく思っている。

ところで、と隼兵衛はいった。

「中根さまは、大和守さまと親しくされておりますか」

「いや、口を利いたこともない」

素っ気なく中根がかぶりを振った。

「では、大和守さまと久岡の関係をご存じですか」

「いや、それも知らぬ。縁戚ということもあるまい」

「壱岐守さま、では、それがしが大和守さまご自身について調べてもよろしいですか」

「むろん構わぬ」

中根が隼兵衛に許しを与える。

「ああ、そうだ。わしの家臣に、泉沢卓二郎《いずみざわたくじろう》という者がいる。その者は、公儀のことについて生き字引といってよい男だ。卓二郎にきけば、大和守どののことはいろいろとわかろう」

――ほう、そんな者がいるのか。

さすがに隼兵衛は驚いた。

――明屋敷番を差配されるお方には、いろいろな者がついているのだな。

「泉沢どのは、今どちらにおられますか」

「我が屋敷だ」

卓二郎は他出することは滅多にないそうだ。今日も中根の供として千代田城の外までは来ていないという。

「では、壱岐守さまのお屋敷まで行ってまいります」

隼兵衛は本丸御殿を出た。

生き字引というから歳のいった男かと思ったが、実際には卓二郎は、まだ三十前に過ぎなかった。

小柄でひょろりとしており、目がずいぶん小さい。甲高い声の持ち主で、物腰は少し落ち着きのない感じがした。

隼兵衛は、卓二郎の仕事部屋の八畳間に通された。

おびただしい書物があふれんばかりにおさめられた大きな書棚が、屹立《きつりつ》するように立っている。行灯《あんどん》が灯されているが、書棚に明かりが遮られて部屋は薄暗く、どこかかび臭い。

部屋の隅に文机が置かれ、隼兵衛はその前に座している。

卓二郎は書棚を見上げるように立ち、一冊の書物を手に、なにか調べ物をしている様子である。

「壱岐守さまの紹介で、それがしはまかり越しもうした」

名乗った上で隼兵衛は卓二郎にいった。

「殿の紹介ですか……」

卓二郎が書物から目を離さずにいう。さよう、と隼兵衛はうなずいた。

「福島大和守さまご自身のことをまずは知りたいのですが、泉沢どのはご存じですか」

声をひそめてきくと、卓二郎が書物から顔を上げた。

「福島大和守さまご自身の……。では、こんなことでよろしいのかな」

隼兵衛を見て、卓二郎がすらすらとしゃべりはじめた。

「大和守さまは三十五歳。二千二百石の旗本岡島家の次男として生まれ、十四歳のときに千八百石の福島家に婿入りしもうした」

養子なのか、と隼兵衛は思った。

――俺と同じか。もっとも、養子などこの江戸では珍しくもなんともないな。ここの書物と同様、あふれかえっている。

「翌年に元服し、そのあとすぐに上さまに仕えて、小納戸役ののちに小姓をつとめる。その後、上さまのお気に入りとして次々と加増を受け、ついに六年前には一万石の大名となって、奏者番に任命された。同時に、大和守を名乗る」

言葉を切り、卓二郎が隼兵衛を見る。

「今も引き続き奏者番をつとめているが、いずれ若年寄を経て側用人《そばようにん》となり、さほど遠くない将来に老中になるお方だといわれておりもうすな」

まだ三十五に過ぎぬのか、と隼兵衛は思った。存外に若いが、出世街道をひた走る男というのは、このくらいが当たり前なのかもしれない。

「福島さまの家臣には、あざのある男がおりますか」

こんな男なのですが、といって隼兵衛は懐から人相書を取り出した。

「どれどれ」

小さな目をさらに細めて、卓二郎が人相書を見る。

「ふむ、左の頰にあざがあるのですな。では、調べてみましょう」

卓二郎が再び書棚の前に立ち、一冊の分厚い書物に手を伸ばした。

「これは、それがしがつくった武鑑のようなものですよ」

「えっ、泉沢どのがつくられたのですか」

「さよう。殿から命じられましてね。大名家の家臣についてまとめたものです。もちろんどこの家中の者も亡くなったり、新たに出仕したりするので、常に変更を加えていかねばならぬのが大変ですが」

卓二郎は武鑑をぺらぺらとめくっている。

「福島大和守さまの家中でしたな。――ああ、あった。左の頬にあざがある家臣は、福島大和守さまの家中では一人しかおりませぬので、この男でまちがいないでしょう」

ふう、と卓二郎が息を吐き出し、隼兵衛に眼差しを当ててきた。

「その人相書の男は、楯山玄蕃《たてやまげんば》というお方ですよ。玄蕃どのは、大和守さまの懐刀といわれているようです」

楯山玄蕃というのか、と隼兵衛はその名を胸に彫りつけるようにした。

――やはり懐刀だったか。

「泉沢どのは、楯山玄蕃と久岡勘之助の関係をご存じですか」

「久岡勘之助どのというと、書院番組頭でしたね。ああ、そういえば、青山美濃守さまを殿中で刺し殺したとか……」

「さよう」

「旗丘どのは、我が殿の命で久岡勘之助を追っているのでしたね」

「そういうことです」

「ああ、そういえば――」

なにか思いついたらしい卓二郎が書棚を探り、別の分厚い書物を手にした。

「こちらは旗本関係の武鑑でござるよ」

それを卓二郎が繰りはじめた。

「ああ、やはりそうだ。福島大和守さまと久岡勘之助は同じ家塾に通っていました。想尊塾《そうそんじゅく》というところで、久岡勘之助が福島大和守さまの先輩になりますね」

――そうか、二人は同じ家塾だったのか。

それ以上、きくべきことはなく隼兵衛は千代田城に戻り、中根に会った。

あざのある侍が誰かわかった旨を知らせた。

「そうか、それはよかった」

中根がわずかに顔をほころばせた。

「ああ、そうだ。旗丘、ちょうど今から大和守どのが下城するようだぞ」

「まことですか」

すぐさま中根の前を辞し、隼兵衛は下乗橋に向かった。

――あれか。

薄暮の中、確かに大名の家臣らしい者たちが集まっているのが見えた。ほかの大名はとうに下城している者がほとんどで、下乗橋近くに控えている侍はあまりいない。

隼兵衛は慎重に近づいていった。

すでに動き出している乗物に目を凝らす。

井桁に立ち沢瀉の家紋が入っている。

――うむ、まちがいない、あれは大和守さまの行列だ。

行列の人数は多いとはいえず、供の者はせいぜい二十人ほどのように見えた。

十間ほどの距離を置いて、隼兵衛は行列の背後についた。

――懐刀の楯山玄蕃はいるのか。

いるとするなら、乗物のすぐ近くだろう。

――いた。

玄蕃とおぼしき侍は、乗物の斜め後ろを歩いている。行列の中で一人だけ、遣い手という雰囲気が露わになっている。

――あの男は、おそらく目立つことを望んではおらぬのだろうが……。

とにかく楯山玄蕃がこの前、青山美濃守の役宅近くのねじれた松の陰にいたのはまちがいない。

――あの男はなにゆえ久岡と桐嶋で会っていたのか。

唐突に我慢ができなくなり、隼兵衛は足早に歩いて行列に近づいていった。さらに小走りになり、楯山玄蕃のすぐ横まで来た。

歩調を合わせつつ、隼兵衛は玄蕃に声をかけた。

「おい」

むっ、という顔で玄蕃が隼兵衛を見る。他の供侍たちが隼兵衛を取り囲もうとする。

「何者だ」

「名を名乗れ」

隼兵衛は足を止めることなく、供侍たちのあいだをするりと抜けた。

「きさまっ」

供侍たちが追いすがる。

「久岡勘之助はどこにいる」

隼兵衛は玄蕃の横顔に問うた。

その声が乗物内に届いたか、止めよ、と声が発せられた。

行列がすぐに止まり、乗物が地面に下ろされる。

引戸が開き、一人の男が顔を見せた。隼兵衛を見つめてくる。

「そのほう、旗丘隼兵衛だな」

——これが福島大和守さまか。

彫りの深い顔をしていた。眉毛が濃く、目が澄み、鼻が高い。いかにも聡明そうだ。将軍の寵愛を受けるにふさわしい相貌をしているように見える。

「そのほう、いろいろと知りたいのだな」

福島がつぶやくようにいった。

「それも当たり前であろうな。旗丘、このまま余についてまいれ。——よし、行け」

福島が供侍の一人に命じる。すぐに引戸が閉められ、乗物が宙に浮いた。

行列は、なにごともなかったように進みはじめた。

二

行列が福島屋敷に着いた。

福島屋敷を見張っている弥一たちは、乗物のそばにいる隼兵衛を見て、仰天しているのではあるまいか。

門が開き、行列が中に入っていく。隼兵衛も乗物とともに邸内に足を踏み入れた。

行列が吸い込まれると同時に、長屋門が閉められた。

「旗丘を対面所に連れてまいれ」

乗物を下りて式台に立った福島が、玄蕃に命じた。

「承知つかまつりました」

うむ、と顎を引いて福島が奥に去っていく。

「来い」

玄蕃が素っ気なく隼兵衛にいった。

——取って食われるようなことはあるまい。それにもし襲われるとしても、なんとか脱することはできよう。

「わかった」

腹を決めた隼兵衛は脇玄関から御殿内に上がった。すぐにあたりの気配を嗅ぐ。

だが、勘之助一家が身を寄せているような気配は一切、感じなかった。

ちょうど一万石の大名だけに、屋敷内の家臣はそう多くないはずだ。

その中で、久岡勘之助の家人や家臣、奉公人が身を寄せていたら、さすがにわかるのではないかという気がする。

——ふむ、久岡勘之助たちはここにはおらぬか。

「刀をよこせ」

玄蕃にいわれ、ためらうような態度は一切見せずに隼兵衛は長船景光を渡した。

「ふむ、すごい差料だな」

玄蕃がじろじろと拵えを見ている。名残惜《なごり》しげに、そばに立つ若侍に預けた。

「滅多にない名刀だ。大事に扱え」

玄蕃が若侍に命じた。

「承知いたしました」

若侍が長船景光をそっと抱きかかえるようにした。

玄蕃の先導で隼兵衛は廊下を歩き出した。

「おぬし、久岡勘之助がどこにいるか、知っているのか」

暗い廊下を進みつつ隼兵衛は玄蕃にきいた。

だが、その問いは無視された。

「ここだ」

足を止めた玄蕃が、滝と鯉の図が鮮やかに描かれた板戸を開ける。

「入れ」

隼兵衛は背中を押されるようにして敷居を越えた。

一段上がった奥の間には、まだ福島の姿はない。

「座れ」

玄蕃に指し示された場所に隼兵衛は座した。隼兵衛の横に玄蕃が端座した。

待つほどもなく奥の間の襖が開き、福島が入ってきた。

上座にどかりと座り、脇息にもたれる。

すぐに身を起こし、福島が隼兵衛に鋭い眼差しを当ててきた。

「それで旗丘、なにを知りたい」

その言葉を聞いて、隼兵衛は面を上げた。

「その前にいうておく。我らは味方同士だ。いがみ合うことなど決してない」

意外な言葉を聞いた、と隼兵衛は思った。

「味方同士でございますか」

「そうだ」

福島が玄蕃に目を投げる。

「もう存じておろうが、そのほうの横にいるのは楯山玄蕃という。余の家臣ではあるが、さる組の頭をつとめておるのだ」

「さる組とおっしゃいますと」

すかさず隼兵衛はたずねた。福島がにやりとする。

「組の名はいえぬ。だが、役目は明屋敷番と同じよ」

「えっ」

意表を突かれた。隼兵衛には意外という思いしかない。

福島が言葉を続ける。

「その組の目的は、公儀の転覆を企む者を捕らえ、獄門台に送ることだ」

まさか自分たちのほかにそんな役目を負っている者がいるとは思わず、隼兵衛は言葉を失った。

「そのほう、渋谷村の空き家で撓る剣の持ち主に襲われたであろう」

新たな問いを福島が投げてきた。

「はっ、襲われました。しかしなにゆえ大和守さまはご存じなのですか」

「中根壱岐守どのに文を届けたのは、玄蕃だからだ」

「なんですって」

隼兵衛は目をみはった。

「撓る剣の持ち主は、そのほうのことを目の上のたんこぶと考えておる。あの場で殺したかったはずだ」

「では、あの渋谷村の家の持ち主は、大和守さまでございますか」

「そうだ。悪いとは思ったが、そのほうを餌にしたのだ。我が策に見事に引っかかって、撓る剣の持ち主は姿をあらわした。そのほうに逆にやられそうになり、引き上げるところをつけたが、玄蕃をもってしても撒《ま》かれてしもうた」

玄蕃が面目なさそうにうつむく。

「とにかく、南蛮の息のかかった者どもは、大望をうつつのものにするために、そのほうを初めとする明屋敷番を邪魔だと思っている。その明屋敷番を隠れ蓑《みの》にして、玄蕃率いる組は動いておるのだ」

ゆえに組の名はいえぬのか、と隼兵衛は思った。

「一つうかがいますが、では渋谷村の一軒家にひそんでいたという者どもは、端からいなかったのですか」

「ああ、おらぬ」

福島がうなずいた。

「おぬしが餌だった。撓る剣の持ち主の背後に誰がいるのか、知る必要があったのだ」

別に済まなそうな顔をするわけでもなく福島がいった。

「では、美濃守さまの老中役宅の見取り図と行列の詳細を残したのも大和守さまでございますか」

「まあ、そうだ。うろんな者どもが本当にいたのだと、それらくしく見せたかった」

隼兵衛は深く息を吸って、気持ちを落ち着けた。

「なにゆえ久岡勘之助は、青山美濃守さまを亡き者にしたのです」

隼兵衛は最も知りたいことをきいた。

「それがよくわからぬ」

福島が本当のことをいっているのか、隼兵衛にはわからない。とぼけているのではないだろうか。

「ここに久岡勘之助はおりますか」

一応、隼兵衛はたずねた。

「いるわけがない」

福島が一笑に付した。

「ほかに知りたいことはあるか」

隼兵衛は沈思した。頭がしびれたような感じで、なにも思い浮かばなかった。

「いえ、ありませぬ」

これ以上ここにいる理由が見つからなかった。隼兵衛は福島屋敷をあとにした。

三

隼兵衛は自身番に落ち着いた。

佐知が物問いたげな目を向けてくる。

ふむう、と隼兵衛は内心で、うなり声を上げた。

――もしや久岡が、先ほど大和守さまがいった組の者ということは考えられぬか。

だから、勘之助は玄蕃と会っていたのではないか。

だとしたら、青山美濃守は福島大和守の命を受けた勘之助によって殺されたとは考えられぬか。

勘之助が、公儀の転覆を考えている者であるとは、どうしても考えにくいのだ。勘之助以上に公儀のことを思っている男はほかにいない。隼兵衛は確信している。

そんな男が公儀を裏切るわけがない。

――であるならば、どういうことなのか。

うつむき、隼兵衛は考えた。

青山美濃守には、殺されなければならない理由があったということか。

——よし、美濃守さまのことを調べてみよう。

隼兵衛は決意した。

「ちょっと青山家の老中役宅に行ってくる」

佐知に告げ、隼兵衛は辻番所を出た。

「行ってらっしゃいませ」

大名小路に行き、隼兵衛は老中役宅の門前に立った。

まだ青山家の者は、この屋敷を退去してはいないはずだ。

外から見ても、屋敷はずいぶんと沈んだ雰囲気に感じられた。それも無理はあるまい、と隼兵衛は思った。あるじを失ったばかりなのだ。

隼兵衛は訪いを入れた。

身分を告げると、すぐに門内に入れられ、御殿内の客間に通された。

座して待っていると、冶五郎がやってきた。

「日が暮れてだいぶたつというのに、わしにどんな用があるというのだ」

挨拶も抜きで冶五郎がいった。隼兵衛の前に荒々しく座る。

「おぬしは長年、美濃守さまに仕えてきたのだな。美濃守さまの人となりを聞きたいのだ」

「なにゆえだ」

「殺された理由がわかるかもしれぬからだ」

むっ、と冶五郎が隼兵衛を見直す。

「まことか」

目をぎらつかせて冶五郎がきいてきた。

「嘘はいわぬ」

ふむう、と声を発し、冶五郎が腕組みをした。じろりと隼兵衛をにらんだ。それからゆっくりと口を開いた。

「我が殿は、まさに実直を絵に描いたような人だった」

「公儀に対して、どのような思いを抱かれていたか知っているか」

「公儀にはこれ以上ないほどの忠誠を誓われていた」

「まことか」

「まことに決まっておろう」

久岡勘之助も、同じように公儀に忠誠を誓っていた。つまり、公儀に忠誠を誓っていた者同士が殺し、殺されたというのか。

——ふむ、わからぬ。

隼兵衛は面を上げた。

「ここ最近、美濃守さまになにか変わったところ、妙なところはなかったか」

それを聞いて冶五郎が考えに沈む。

「別になかったように思う。ただし……」

「ただし、なんだ」

「このところひどくご体調を崩しておられた。いちど寝たきりになったこともあり、そのせいで老中を辞されるのではないか、という噂が家中を巡ったこともある」

殿中で美濃守が声をかけてきたとき、顔色がひどく悪かったのはそのせいなのか、と隼兵衛は合点がいった。

「御典医の謙完《けんかん》どのが不眠不休でがんばり、我が殿はなんとか持ち直されたのだ」

「そうなのか」

あれで持ち直したということは、前は本当にひどかったのだろう。寝たきりというのも、納得である。

「快方に向かわれたのも束の間、我が殿の言動がおかしくなったのだ。気分の落ち込みが激しく、家臣を怒鳴りつけるようにもなった。それまでそんなことをされるお方ではなかった。穏やかでまことによい殿だったのだ」

そうか、と隼兵衛はいった。

「謙完という医者は信用できる者なのか」

治五郎をまっすぐに見て隼兵衛はきいた。

「できると思う。腕はよいし、我が殿に昔から仕えていたのでな」

「謙完どのは漢方医か」

「その通りだが、蘭方もよく使う。若い頃だけでなく、数年前にも長崎に遊学したことがあるからな」

「長崎に遊学か……」

ならば、と隼兵衛は思った。

——その謙完という御典医は、長崎で南蛮の者に取り込まれたとは考えられぬか。

そして、美濃守さまに対し、南蛮渡りの薬を使った……。

この前、青山屋敷で会ったとき、美濃守は熱に浮かされたような目をしていた。あれは薬によるものではないだろうか。

——薬によって、人を操ることができるのだろうか。

南蛮渡りの薬ならば、その手のものがあっても不思議ではないような気がする。

「その謙完という医者は今どこにいるのだ」

隼兵衛は冶五郎にたずねた。

「それがわからぬのだ」

途方に暮れたように冶五郎が答えた。

「我が殿が亡くなった日を境に、誰も姿を見ておらぬ」

「姿を消したのか……」

つぶやいて隼兵衛は顎をなでた。ひげが少し伸びてきている。

「謙完どのはこの屋敷に住んでいたのか」

「そうだ。いつでも殿のもとに駆けつけられるところに部屋をもらっておった」

「その部屋を見せてもらってもよいか」

「ああ、よかろう。どうせ無人だ」

「謙完どのには助手はおらなんだのか」

「いたが、その助手も一緒にいなくなっておるのだ」

隼兵衛は、冶五郎の案内で謙完の部屋を見せてもらった。

部屋にはおびただしい書物があるだけで、文のような行方につながると思える手がかりは一つとしてなかった。

「わかったか、なにもなかろう」

うむ、と隼兵衛はうなずいた。

「謙完どのに妻はいるのか」

冶五郎がかぶりを振った。

「おらぬ。独り身で、身内らしい者は一人もおらぬ。わしはそう聞いておる」

とにかく、と隼兵衛は思った。

――謙完という医者がこたびの美濃守さまの一件に絡んでいるのはまちがいないようだな。

隼兵衛は掌中にしたように確信を抱いた。

四

青山家の役宅をあとにした隼兵衛は、これからどうするか、と思案した。

すでにとっぷりと日は暮れ、江戸の町は真っ暗になっている。

謙完という医者はどこにいるのか。

それに、勘之助の行方を追うにはどういう手立てを取るべきか。

夜というのに散策なのか、隼兵衛の目の前を、脇差だけを腰に差した武家らしい白髪の年寄りが通り過ぎていった。

年若い供を一人、連れていた。その者が提灯を持っていた。

その隠居らしい年寄りを見て、隼兵衛は元同僚の巌本竹之進のことを思い出した。

竹之進は大病のあと、髪がすべて真っ白になってしまったのである。

――そういえば……。

このあいだ殿中で会ったとき、勘之助は、竹之進のところへ必ず行くようにといっていたではないか。

――あの言葉には、なんらかの意味があるのではないか。

きっとそうだ。

それに勘之助は、凶行のあと隼兵衛の手をかたく握り、あとを頼む、といったではないか。あの言葉にもなにか意味があるはずだ。

すでに夜の五つ近くになっている。

竹之進はやすんだかもしれない。

――えい、構わぬ。もしやすまれていたら、そのときは出直せばよい。

懐から提灯を取り出し、隼兵衛は火をつけた。番町に向けて歩き出す。

竹之進はまだ眠ってはいなかった。

目が冴えてしようがなく、書見をしていたとのことだ。

「旗丘、よく来てくれたな」

隼兵衛を客間に迎え入れて、竹之進がうれしそうにいった。

「こんな夜遅くにお邪魔してしまい、まことに申し訳ございませぬ」

「いや、まだ宵の口よ。遅いなどということはない」

隼兵衛は、目の前に座す竹之進を見つめた。

――ふむ、顔色はだいぶよいようだな。これならば、本復も間近ではないか。

「具合はよろしいようですね」

隼兵衛は竹之進にいった。

「うむ、おかげさまでな」

満足そうに竹之進が顎を引く。

「今のお顔の色のよさならば、書院番への復帰も間もなくなのではありませぬか」

追従でなく隼兵衛はいった。

「うむ、わしもそう思っておる。あと一月ほどで前のように動けるようになろう、とお医者もおっしゃってくださっておる」

「それは重畳《ちょうじょう》」

旗丘、と竹之進が呼びかけてきた。

「酒はやめたか」

「はい、やめました」

「それはよかった」

竹之進がにこにこする。

「やめてまださしてたってはおりませぬが、以来、一滴も飲んでおりませぬ」

竹之進をじっと見て、隼兵衛は告げた。

「それは素晴らしい」

竹之進が顔をほころばせた。

「体調はどうだ」

「すこぶるよいとしかいいようがありませぬ」

「そうであろう」

我が意を得たりとばかりに竹之進が首を縦に動かした。

「酒をやめると、体が変わるのだ。旗丘、それが実感できよう」

「はい、まさしく」

「おぬしに酒は毒水だといった手前、わしももちろん飲んでおらぬぞ」

「それはよくわかっております。巌本さまは一度やめたものを再びはじめるようなお方ではありませぬ」

「いや、それがそうでもないのだ。酒をやめたら、甘い物に目がなくなってしもうた。前はやめられたのにな……」

「はあ、そういうものですか」

「それで旗丘、今宵はなに用でまいったのだ」

竹之進が水を向けてきた。

「それがしが明屋敷番調役になったことをまずお伝えにまいりました。拝命してまだ半月もたっておりませぬ」

隼兵衛はしっかりと竹之進に告げた。

「明屋敷番だと……」

竹之進が絶句する。それはまた閑職よな、といいたげな顔になっている。

「表向きは空き屋敷にうろんな者が入り込んだり、住みついたりしておらぬか、調べる役目ですが、実は裏の役目があるのです」

「ほう、裏の役目とな」

「巌本さま、これから話すことは口外無用にしていただけますか」

声をひそめて隼兵衛はいった。

「むろんだ」

胸を張って竹之進が答えた。

「わしの口の堅さは、旗丘もよく存じておるであろう」

「はい、しかと」

「よし、話してくれ」

竹之進が顔を寄せてきた。

隼兵衛は、明屋敷番の裏の役目がどんなものなのか、竹之進に語って聞かせた。

「ほう、公儀の転覆を企む者を捕らえることだというのか」

ささやくような声音で竹之進がいった。

「それはまた、すごい役目だな」

感心したようにつぶやいた。

「それがしもそう思います」

「だが、今は太平の世だ。旗丘、公儀の転覆など、そのようなことを企む者がまことにおるものなのか」

「まちがいなくおります」

　隼兵衛は断言した。その上で、昨日おきた千代田城内での青山美濃守刺殺事件のあらましを竹之進に語って聞かせた。

「その一件については噂では聞いておったが、青山美濃守さまを手にかけたのがまさかお頭とは……」

　ついぞ知らなんだ、と竹之進はいった。

「美濃守さまの一件については、外に漏れぬようご公儀によって厳重に秘匿されております。美濃守さまが亡くなったことは漏れてしまっているようですが……」

「しかし旗丘」

　うめくような声を竹之進が発した。

「お頭が下手人というのは、なにかのまちがいではないのか」

「それはありませぬ」

　どういうことを昨日、千代田城内で見聞きしたか、そのことを隼兵衛は語った。

「それではお頭でまちがいないな……」

　それきり竹之進は言葉を失ったようだ。

「お頭といえば――」

気を取り直したように竹之進がいった。

「この前、わしに会いに来てくださったばかりだ。そのときはそんな暴挙に及ばんとするような素振りは一切、見せなかったが……」

隼兵衛は顎を引いた。

「巌本さま、今からお話しすることも、口外せぬようにお願いしたいのですが……」

「むろん口外などせぬ」

竹之進を見て、深くうなずいた隼兵衛は口を開いた。

「どうやら明屋敷番と似たような役目を持つ組があるようなのです」

ほう、と竹之進が息を漏らした。

「その組も、公儀の転覆を防ぐことを役目としているということか」

「そういうことになりましょう」

すぐに隼兵衛は言葉を続けた。

「どうやらその組は、奏者番の福島大和守さまが差配されているようですが……」

「福島大和守か。上さまの大のお気に入りであったな――」

なにか引っかかることがあるような顔で、竹之進が考え込む。

「そういえば、お頭がこの前いらしたとき、今山《いまやま》さまのことを話していかれたな」

顔を上げて竹之進がいった。

「えっ、今山さま……」

首をひねって隼兵衛はきいた。今山とは誰のことをいっているのか。

「旗丘、書院番組頭として有数の遣い手といわれた今山牛之助《うしのすけ》さまのことを覚えておるか」

——ああ、あの今山さまか。

「あっ、はい、よく覚えております」

今はもう鬼籍の人となっている。四十を前にしての死だったと隼兵衛は記憶している。

人生五十年という以上、まだまだ早すぎる死だった。

「あのお方は書院番組頭から目付になられたが、それは福島大和守さまの引きだったというような噂話を、以前わしは小耳に挟んだことがある」

「えっ、そうなのですか」

組頭でなくても、書院番から目付になるというのは出世の階段の一つで、さして珍しいことでもない。

そのために隼兵衛はこれまで今山牛之助について、ほとんど関心を抱いたことはなかった。最近では、今山の名を思い出すことも滅多になくなっていた。

「今山さまは、福島大和守さまが差配する組に入ったと考えられるのではないかとわしは思うのだ」

「えっ」

驚く隼兵衛を見て竹之進が深くうなずいた。

「四十を前にしての今山さまの死は病によるものだと聞いたが、いま思えば、それは果たして真実だったのかどうか……」

その言葉に隼兵衛は衝撃を受けた。竹之進にいわれるまで、思ってもいなかったことだ。

「では、役目において非業の死を遂げたのかもしれぬのですね」

「そういうことだ」

竹之進が首肯する。

「これも噂で聞いたのだが、今山さまが属していたかもしれぬその組は、上さま直属の組というぞ」

「えっ、上さま直属ですか」

これもまったく思いもしなかったことだ。しかし考えてみれば、大和守は将軍の大の気に入りである。

将軍の命で大和守が創設したというのは、十分に考えられることだ。

「その組は上さまの命で動いているのではないか、と聞いた覚えがあるな」

——玄蕃どのと会っていたことから、久岡が大和守さまと深いつながりがあるのはまちがいなかろう。家塾だけのつながりではなかろう。家塾は知り合うきっかけになったに過ぎぬのではないか。

その大和守が、将軍直属の組を率いている。そしてその一の配下として、玄蕃がいるという図か。

それに勘之助が関わっている。桐嶋で玄蕃と密談していたのが、なによりの証であろう。

——つまり久岡は、将軍の命で美濃守を刺し殺したことになるのか。

それはなにゆえか。

勘之助は牛之助の後任として、大和守の組に入ったのかもしれない。

公儀に忠誠を誓い、信用がおける書院番組頭はその組に入るという不文律でもあるのだろうか。

——しかし、なにゆえ美濃守さまは久岡に殺されなければならなかったのか。敵に取り込まれていたからか。

そのために勘之助が手を下し、この世から除いたということか。

「お頭は……」

竹之進を見て隼兵衛はつぶやいた。

――裏切り者ではなかったということか。

隼兵衛は、暗黒の中に曙光《しょこう》を見たような気分になった。

「久岡さまが会いに見えたとき、厳本さまになにかおっしゃってはいませんでしたか」

「ああ、そうだ、その通りだ」

竹之進がうわずったような声を出した。

「もし旗丘が訪ねてきたらということで、伝言を頼まれていたのだ」

――やはりそうだったか。

胸を躍らせて隼兵衛は竹之進を見つめた。

「わざわざわしのほうから伝えに行くようなことはせずともよい。あくまでも旗丘がわしのもとを訪ねてきたら、とお頭はおっしゃったのだ」

「それで、お頭は厳本さまになんとおっしゃったのですか」

待ちきれずに隼兵衛はたずねた。

「それだが、浜に来い、とおぬしに伝えてくれるようにおっしゃった」

「浜ですか……。それは、どこの浜ですか」

「それがわしもわからぬのだ。お頭にはきいたが、お答えにならなんだ」

ふむ、といって隼兵衛はうつむいた。

海に面している江戸には、いくつもの浜があるのだ。

浜か、と隼兵衛は改めて考えた。

勘之助と自分のあいだで、なにか因縁のある浜があっただろうか。

——いや、そのようなものは一つもない。

すぐさま隼兵衛は断じた。浜で勘之助と遊びに興じたり、あるいは仕事に励んだりしたことは一度もない。

——だとすると、浜とは、いったいなにを意味するのか。

地名だろうか。

江戸には浜松町《はままつちょう》がある。そのほかにも浜町《はまちょう》と呼ばれる町もある。

確か浜町は霊岸島《れいがんじま》のほうではなかったか。

浜に来い、というのはそのどちらかの町を指しているのか。

だが、町の名だと、あまりに漠然としすぎてはいないか。
――ふむ、どうも町名を意味しているのではないような気がするな。
人の名か。
名に浜という字がつく者の屋敷を訪ねてこいということか。
だが、隼兵衛には浜田とか浜岡というような人名に心当たりがない。
それとも、店の名か。浜の字のつくような店などがあったか。
料亭などはどうだろうか。
だが、考えてみたものの、それについても隼兵衛の心に浮かぶものはなかった。
――お頭は上さま直属の組に属しているのかもしれぬのか。
なにか引っかかるものがある。
この前、君之丞の墓参りに増上寺近くの信明寺に行ったとき、近くに浜御殿がある
ことを善吉に話したのを隼兵衛は思い出した。同時に、濃い潮の香りもよみがえった。
――上さまがよくお成りになる屋敷に、浜御殿があるな……。
そこかもしれぬ、と隼兵衛は思った。
――いや、浜御殿でまちがいないのではないか。
ほかに浜とつくところで、ぴんとくるような場所はない。

まちがいあるまい、と隼兵衛は確信した。勘之助は、隼兵衛が浜御殿と思いつくだろうと考えて竹之進に伝言を託したに相違ない。

だが、浜御殿と一口にいっても広い。

「久岡どのは、浜御殿にいるのではないかとそれがしは思います。巌本さまは、浜御殿にお詳しいですか」

「浜とは浜御殿のことか。なるほどな」

竹之進が納得したという声を出した。

「いや、詳しくはない。ただし、だいぶ昔の話だが、上さまのお供をして中に入ったことはある」

「そのとき久岡どのも一緒でしたか」

「ああ、もちろんだ」

竹之進が深いうなずきを見せる。

「庭に設けられた松の茶屋というところに上さまは入られ、そこから庭を眺められた」

——そこに久岡どのはいるのか。

「松の茶屋はどのような建物ですか」

公儀の建物がどのような縄張か、隼兵衛はだいぶ頭に入れているが、浜御殿に関しては、まださして調べていない。

「二階建てで、なかなか大きいぞ。名刹の本堂ほどの大きさは優にある」

竹之進が、厳しい眼差しを隼兵衛に当ててきた。

「まさかそこにお頭がいらっしゃるというのではないだろうな」

「家人や家臣たちとともにそこにいるのではないかと、それがしは勘考いたします」

「松の茶屋にか……」

「おそらく、そこでそれがしがやってくるのを待っているのだと思います」

竹之進に別れを告げ、隼兵衛は巌本屋敷の門を出た。

道をしばらく歩いたところで、何者かの目を感じた。

――この眼差しは一度、味わったことがあるな。

誰のものか、考えるまでもなかった。隼兵衛はそちらを見た。

楯山玄蕃らしき者が半町ばかり先の木陰に立っているのが知れた。

なにか用事があるのかと思ったが、玄蕃は隼兵衛に背中を見せてさっさと歩き出した。

すかさず隼兵衛はあとを追ったが、最初の角を折れたところで玄蕃の姿はかき消えた。

――くそ、撒かれたか。

いったい玄蕃はなにゆえあんなところに立っていたのか。

――俺はやつにつけられていたのか。だとして、なにゆえやつは俺をつけたのか。

隼兵衛は心中で首をひねって考えたが、答えは出なかった。

――今さらやつが俺をつける理由が見当たらぬ。

気持ちを切り替え、隼兵衛は浜御殿に向かって歩きはじめた。

――いや、その前に弥一たちを呼ぶ必要があるな。

思い直した隼兵衛は、大和守の屋敷がある駿河台へと足を向けた。

五

国を鎖《とざ》す前のこの国の侍たちは恐ろしい強さを誇っていたと耳にしたが、やはり平和な世が長く続いたせいか、武芸者たちは大したことがない。

この江戸という町で屈指の遣い手も、自分はほとんど相手にしなかった。

右手を伸ばし、クリスチアーノ・アロンゾは杯の酒を飲んだ。

この国の酒ということだが、意外にうまい。

米からつくられていると聞いたが、すっきりとした喉越しは、まるで上等のワインのようだ。

甘みが強いが、むしろこのくらいのほうがクリスチアーノの好みだ。

杯の酒を飲み干して、卓の上に置いた。椅子の上で足を組み直す。

卓も椅子も、この国の職人がつくったものだという。

卓はしっかりとしたつくりだし、椅子も座り心地は素晴らしい。

――この出来からして、どうやら初めてつくったわけではないようだが、いい腕をしているのだな。

蛮国だと思っていたが、どうやらそんなことはなさそうだ。

これほど腕のよい職人の住む国が野蛮であるはずがない。

それに、なんといっても、道がきれいなのだ。馬糞は至るところに転がっているものの、人の糞尿はまったく見当たらない。ごみもほとんど落ちていない。

こんな国はほかに知らない。

それに、とクリスチアーノは思い出した。

やはり、この国に暮らす武芸者たちもなかなかの腕前だったのだ。

　これまでに二人、腕試しで殺したが、技の切れは大したものだった。クリスチアーノの故国の者でもそうはいないという業前をしていた。

　二度目に対した東一之介とかいう男の早業には、命懸けの勝負ということを忘れて、一瞬、目をみはったほどだ。

　だが、所詮、二人の武芸者は鍛錬の積み重ねで強くなったに過ぎない。

　強いことは強かったが、実戦には明らかに不慣れだった。

　技は確かに素晴らしかったが、実戦の経験がないせいだろう、踏み込みが甘く、恐ろしさを感じさせる相手ではなかった。

　二人の素晴らしい遣い手を亡き者にして、クリスチアーノは自信を持った。

　――この国で俺を倒せる者はいない。

　俺は無敵だ、という思いをクリスチアーノは抱いている。

　そのとき、とんとん、と横の板戸が静かに叩かれた。

「入れ」

　クリスチアーノは、板戸に向けていった。

　板戸が開く。入ってきたのは、同じ国の者であるアンドレ・ペレイラだ。

「お酒のおかわりはいかがですか」

「いや、もういらない」

アンドレが深刻そうな顔をしていることに、クリスチアーノは気づいた。

「どうかしたのか」

「仕事です」

「ついにか」

クリスチアーノは椅子から腰を浮かせた。

「待ちかねたぞ」

「浜御殿という将軍の建物に、殺すべき男が二人おります」

「その二人というのは誰だ」

「久岡勘之助と謙完という名の者です」

この国の人名は覚えにくい。

「久岡勘之助というのは何者だ」

「侍です。書院番組頭という要職にある者ですが、こちらに寝返った老中青山美濃守を殺しました。許せぬ者です」

どういう経緯か、正直よくわからなかったが、久岡勘之助を殺さなければならないというのは理解した。

「謙完というのは医者でございます」

「医者を殺すのか」

「はっ。いろいろとこちらのことを知っておるのですが、囚われの身となりました。口を封じなければなりません」

「もう吐いてしまったということは考えられないのか」

「考えられますが、手を打たないわけにはまいりません」

「それはそうだろうな」

　クリスチアーノはアンドレを見つめた。

「その二人は、大勢の侍に守られているのではないのか」

「そのはずです。クリスチアーノさまといえども、用心するべきです。しかし、二人の名のある武芸者を倒したクリスチアーノさまに敵する者はおりませんでしょう」

「それはそうだろうな」

　クリスチアーノは自信満々である。

　警護の者が何人いようと、関係ないのだ。立ちはだかる者はすべて殺すだけである。

　――それがおのれに与えられた使命なのだ。

　俺はその使命を果たすだけだ、とクリスチアーノは強く思った。

「ああ、それからビトリーノ・ゴメスさまも浜御殿にいらっしゃいます」
「ビトリーノか」
いらないが、とクリスチアーノは思った。
――だが、万が一のことがある。いたほうがよいか。
ビトリーノはフルーレの遣い手である。
――よし、剣の手入れをしておくか。
クリスチアーノは、机に置いてあったショーテルを鞘から取り出した。
よく光る剣をじっと見る。
――これは俺の命を守るものだ。
命の次に大事にしなければならない。
クリスチアーノはショーテルの手入れをはじめた。

六

満ち潮なのか、潮のにおいが濃い。
隼兵衛は配下とともに、浜御殿のそばまでやってきた。

築地川に架かる橋の向こうに、がっしりとした正門が見えている。

単身、忍び込もうとしたとき、見覚えのある男が、のこのことやってきたのを隼兵衛は目の当たりにした。

「石羽どの」

声をひそめて隼兵衛は呼びかけた。

「むっ」

闇を透かして冶五郎が隼兵衛を見る。

「おぬしか。なにゆえここにおるのだ」

驚いたように冶五郎がいった。

「石羽どのこそ、なにゆえここにいらしたのですか」

冶五郎が浜御殿の正門を見やる。

「久岡勘之助が、この屋敷におると聞いたからだ」

なに、と胸中で声を発して隼兵衛は冶五郎を見つめた。

「石羽どの、そのことをいったいどうやって知ったのですか」

「いえぬ」

「誰から聞いたのですか」

「いえぬといっているであろう」

冶五郎が口を引き結んだ。

――口外せぬよう、何者かにいわれたようだな。

不意に、先ほど巌本屋敷のそばで見かけた男の顔が隼兵衛の脳裏をよぎっていった。

「もしや楯山玄蕃どのから聞いたのですか」

隼兵衛は思ったことをすぐさま口にした。

「なにっ」

意外そうな声を発して、冶五郎が眉根を寄せる。

「図星ですか」

「む、むう」

今の冶五郎にはうなることしかできないようだ。

久岡どのと楯山玄蕃が将軍直属の組の仲間であるならば、と隼兵衛は思った。勘之助の居場所を玄蕃が知っていても、なんら不思議はない。

だが、玄蕃はなにゆえそのことを冶五郎に伝えたのか。冶五郎に美濃守の仇を討たせるためか。

しかし、玄蕃と勘之助が同じ組の仲間であるのなら、そのことは考えにくい。

隼兵衛の中で結論は出なかった。

「きさまは、どうやってここに久岡勘之助がいることを知ったのだ」

語気荒く冶五郎がきいてきた。

「地道に調べた」

「ふん、地道にか」

「それでこれからどうする、石羽どの」

「それは、屋敷の中に入るかどうか、きいておるのか」

「さよう」

「入るに決まっておる」

「正門からか」

がっちりと閉まっている正門に向けて、隼兵衛は顎をしゃくった。

「そのつもりだ」

「訪いを入れて、果たして招き入れてもらえるものかな」

冶五郎を見つめて隼兵衛は疑問を呈した。

「入れてもらえぬというのか。わしは美濃守さまの懐刀といわれているのだぞ」

「久岡は、ここ浜御殿に上さまの命で匿われていると思われる。美濃守さまの懐刀だからといって、正面から入れてもらえるとは思えぬ」

「きさま、いま上さまの命でといったか」

冶五郎が驚愕《きょうがく》の表情になる。

「確かに申した」

「なにゆえ上さまが久岡勘之助を匿うのだ。我が殿を手にかけた犯罪人だぞ」

「どうやら、それについてはいろいろと裏があるようなのだ。石羽どの、久岡勘之助にじかに聞いたほうが早かろう」

ふむう、とうなった冶五郎が浜御殿の大手門を見やる。

「訪いを入れぬというのなら、この門からは入るつもりはないのだな。ならば、きさまはどうやって中に入るというのだ」

目を怒らせて冶五郎が問うてきた。

「忍び込む」

隼兵衛はさらりと答えた。

「なんだと」

冶五郎が声を張り上げる。

「声が大きい」

しっ、と隼兵衛は冶五郎をたしなめた。冶五郎が喉仏を上下させる。

「きさま、この塀を越えるというのか」

目をみはった冶五郎が、嘘だろうといいたげに浜御殿の塀を見上げる。

「その通りだ」

「いくらきさまが身軽だからといっても、この塀を越えるのは無理であろう。あまりに高すぎる。この屋敷に忍び込むのにわしは賛成せぬが、それでも、もっとたやすく入り込めそうなところを探すのがよいのではないか」

さすがに将軍の屋敷だけあって、冶五郎のいう通り、塀の高さは優に二丈はある。堅城を感じさせる高さでそそり立っているのだ。

この高さの塀を乗り越えるのは、冶五郎ならずとも、無理だと思うだろう。

浜御殿は二方向が海で、あとの二方向は汐留川《しおどめがわ》と築地川に面している。この二つの川は浜御殿の水堀の役目を担っている。

そして大手門のほかに、あと一つ門がある。中之門《なかのもん》といい、汐留川に架かる橋の先に建っている。

もっとも、そちらのほうの塀も、こちらと高さは変わらない。隼兵衛はわざわざ中之門側に行く必要を感じず、ここ大手門側から忍び込むことにすでに決めている。

「よし、はじめてくれ」

隼兵衛は、佐知と巨摩造に命じた。はっ、と答えて縄を携えた佐知が巨摩造の両肩にひらりと飛び乗った。

間髪容れずに巨摩造が佐知の両足首を握り、小柄な体を上方に押し出すように放り投げた。

佐知の体が宙を飛び、塀の上まで一気に到達した。佐知が塀の上に腹這いになる。

「な、なんと」

その一連の動きに冶五郎が絶句する。

塀の上の佐知が、するすると縄を下ろしてきた。

「では、行ってまいる」

配下に宣してから隼兵衛は縄をつかみ、塀をよじ上りはじめた。一丈ほど上ったところで動きを止め、下にいる冶五郎を見る。

「おぬしも来るか」

「当たり前だ」

ぐいっと綱を引っ張り、冶五郎が塀に右足をつく。えいや、と気合をかけて勢いよく塀を上りだした。

　さすがに遣い手だけのことはあるな、とその様子を目の当たりにして隼兵衛は感心した。

　塀をよじ上ることなど冶五郎にとっておそらく初めてだろうが、やはり勘がよいのだろう。動きに無駄がなく、綱の手繰り方などが実にさまになっているのだ。

　それでも、このところずっと忍びの術を会得するために佐知にしごかれているだけに、隼兵衛のほうが手際はよく、あっという間に塀の上に着いた。

　かなり遅れて冶五郎がやってきた。ふうふう、と荒い息を吐いている。

「では柏木、行ってくる」

　隼兵衛は横にいる佐知に声をかけた。

「お気をつけて」

「もし浜御殿内で騒ぎがあれば、皆で駆けつけられるよう備えておいてくれ」

「承知いたしました」

　佐知が綱を、配下たちが立っているほうに再び垂らした。

「行ってくるはよいが、これから先はどうするというのだ」

　隼兵衛に眼差しを注いで、冶五郎がきいてきた。

「こっちに行く」

隼兵衛は、築地川沿いに続いている塀を指さした。

「そっちに行くと、なにがあるのだ」

「ここから松がたくさん生えているところが見えるか」

目を凝らして、冶五郎が闇を見透かそうとする。

「ああ、見えるな」

「あのあたりからは石垣がなくなり、土塁になるのだ」

「それは、綱には頼らず屋敷内に下りられるということか」

「そうだ。土塁だから、芝の上を滑っていけば庭に下りられるはずだ。しかも、そのあたりに建物はほとんどない。つまり、人がおらぬということだ」

「きさま、よくそこまで知っておるな。前にも浜御殿に忍び込んだことがあるのか」

「あるはずがない。明屋敷番は空き屋敷だけでなく、公儀の主な屋敷の縄張などまで、すべて掌中におさめているのだ」

実際には浜御殿の詳しい縄張については、佐知から先ほど教えてもらったばかりだ。

「大名家の屋敷だけでなく、公儀の建物まで覚えておるのか」

ため息を漏らすように冶五郎がいった。

隼兵衛たちは塀の上を進み出した。

やがて、松の木がたくさん生えているところに達した。塀を蹴って隼兵衛は浜御殿内に滑り下りた。後ろを治五郎がついてくる。

右側に浜御殿内で働く者が暮らしているらしい長屋が見えている。隼兵衛たちはその裏手に走り込み、ひそんだ。

あたりに人けがないことを確かめてから、動き出す。

「どこに行くのだ」

ささやき声で治五郎がきいてきた。

「庭だ」

「庭になにがあるというのだ」

「松の茶屋だ」

「そこに久岡勘之助はいるのか」

「そうではないかとにらんでいる」

庭を歩き進んだ隼兵衛と治五郎は、一つの建物の前に立った。

「これが松の茶屋か」

「そうだ」

「ここに久岡勘之助がおるのだな」

「そうではないかと思う」

実際、建物からは人の気配がしている。それもかなりの数だ。

建物のまわりに人はいない。

「行くぞ」

戸口に立ち、隼兵衛は板戸に手をかけた。

するりと開いた。

——心張《しんば》り棒がかまされていなかったのは、やはりお頭が待っているという証ではないか。

隼兵衛と冶五郎は中に入り込んだ。

案の定というべきか、入ってすぐのところに人影が座していた。かたわらに行灯がつけられている。

「お頭……」

隼兵衛は胸が一杯になった。

「隼兵衛、よく来た」

勘之助がまじめな顔でうなずいた。

「そちらは石羽冶五郎どのか」

ずいと治五郎が勘之助の前に出る。刀の柄に右手を置き、勘之助をにらみつける。

「きさま、なにゆえ我が殿を殺した」

「それが青山美濃守さまのご意志だったからだ」

「どういう意味だ」

「美濃守さまは不治の病に冒されていた。それは知っておるか」

「不治の病だと」

「そうだ。もう長くなかった。自分の命を投げ出すことで公儀の敵をおびき出すことを使命としたのだ」

勘之助の背後に医者らしい男が縛られて転がっていた。

美濃守のそばについていた御典医だ。

「謙完どの……」

治五郎が声を放った。助手らしい男も一緒に転がされている。

謙完の顔にはいくつもの傷があった。どうやら、責めに遭っている様子だ。

「その医者は敵に取り込まれたのだ」

いったのは勘之助ではなかった。

「あっ」

我知らず隼兵衛は声を発していた。

謙完の後ろから姿を見せたのは福島大和守である。

楯山玄蕃がそばに控えている。

「そのほうらが来たということは」

福島が耳を澄ませるような仕草をした。

「やつらも来るということだろう。石羽――」

厳しさをにじませた声で、福島が冶五郎に呼びかけた。

「やつらを殺すのだ。そのために、そのほうにはここに来てもらったのだからな」

ああ、そういうことだったのか、と隼兵衛は納得した。

「はっ」

戸惑いを隠せずにいるが、冶五郎がかしこまって答えた。

「旗丘――」

福島が今度は隼兵衛を呼んだ。

「はっ」

隼兵衛はかしこまった。

「そのほうは、例の撓る剣の男を討て。決して逃がすでないぞ」

「承知いたしました」

隼兵衛は低頭した。

七

冶五郎が隼兵衛に謝ってきた。

「済まなかった」

「いや、こちらこそ無礼の数々、許してくだされ」

気持ちが通じ、隼兵衛は冶五郎とわかり合えたような気がした。

そのとき浜御殿の外のほうで騒ぎが聞こえてきた。悲鳴も耳に届く。

「来たようだな」

冶五郎が隼兵衛にいった。

「うむ」

すでに隼兵衛も冶五郎も襷掛けと鉢巻をし、股立《ももだ》ちをとってある。

そして、本当に撓る剣の持ち主が高い塀を乗り越え、人数を率いて攻め込んできた。

五十人は優にいるのではあるまいか。

まさか浜御殿が、こんな戦のような場になるなど、隼兵衛はこれまで一度たりとも考えたことはなかった。いや、この太平の世である、思い描いたことのある者など、一人たりともいないだろう。

敵には日本人も多くいるらしい。いや、ほとんどが日本人のようだ。

——こやつらはつまりキリシタンということなのか。

敵の得物は刀や槍である。

隼兵衛は愛刀の長船景光を振るって戦った。

冶五郎も激しく戦っている。

何人か討ち倒したのち、隼兵衛の目の前に撓る剣の持ち主があらわれた。

「もう力の差は明らかであろう」

隼兵衛は撓る剣の持ち主に語りかけた。

だが、その言葉は通じていないようだ。撓る剣の持ち主は敵意を燃やしていた。目をぎらつかせている。

「いっても無駄か。だが、おぬしではもう俺には敵せぬ。一つしかない命を異国で落とすことはあるまい」

しかし、隼兵衛の言葉が終わったか終わらぬうちに、撓る剣の持ち主は半身の姿勢で剣を突いてきた。

暗くて剣尖は見えにくかったが、隼兵衛は最初の一撃をあっさりとかわした。

これまで以上に深く踏み込み、長船景光を下から振り上げていく。

ずずっ、という手応えがわずかに残った。

うう、とうめき声を上げ、撓る剣の持ち主が地にくずおれていく。

ざざっと血が飛び、隼兵衛に降りかかりそうになった。隼兵衛は後ろに跳んで血しぶきをよけた。

撓る剣の持ち主は身動き一つしない。すでに息絶えたようだ。

撓る剣の持ち主には、一つ癖《くせ》があった。剣を突き出すとき左手の指が狙っている方向をわずかに向くのだ。そのためにどこを狙ってくるのか、隼兵衛には事前にわかっていたのである。

――こんなところで果てたくはなかっただろうに……。

かがみ込み、隼兵衛は撓る剣の持ち主の頭巾をはいでみた。

いきなり撓る剣の持ち主が剣を突き出してきた。

おっ、と驚いたが、隼兵衛は冷静にその突きを避けた。

撓る剣の持ち主の喉元に長船景光を突き通す。

うっ、とうなり、今度こそ完全に絶命した。

闇の中でも青い瞳をしているのがわかった。無念そうに虚空をにらみつけている。

——ふむ、これが南蛮人の顔か。

生まれたときからこの男は、と隼兵衛は思った。

——浜御殿で俺に討たれて死ぬことが運命づけられていたのか。

しかし、どういう経緯で南蛮からこの国に渡ってくることになったのか。

あたりはいつしか静かになっていた。

まるで今までの激しかった戦いが嘘のようだ。

浜御殿内には、敵味方のおびただしい死骸が転がっている。

ふと、十間ほど先に巨摩造が呆然と突っ立っているのに隼兵衛は気づいた。

「どうした」

隼兵衛は足早に近づき、巨摩造にたずねた。

巨摩造はなにもいおうとしない。ただ目の前に横たわる死骸にうつろな目を当てているだけだ。

隼兵衛は、その骸を見てはっとした。死骸は見覚えのある着物を着ている。

まさか、と隼兵衛は骸のかたわらに立ち、死顔をじっと見下ろした。

「弥一……」

――嘘だろう。

なにかのまちがいだ、と思って隼兵衛は目を凝らして死骸を見た。

何度、繰り返して見ても弥一である。

――なんということだ。

不意に隼兵衛は両膝から力が抜け、がくりとしゃがみ込んだ。

――信じられぬ。弥一が死んでしまった。

「弥一は――」

巨摩造の声が隼兵衛の耳に入り込む。

「それがしを救おうとして……」

それ以上、巨摩造の言葉は続かなかった。

「お頭――」

佐知の声がした。隼兵衛は顔を上げた。どうした、といおうとしたが、喉がかすれてうまく声が出なかった。

佐知は沈痛そうな顔をしてそばに立っていたが、意を決したように言葉を発した。

「石羽どのの姿がどこにもありませぬ」

「石羽どのが……」

力が入らない体を励まして、隼兵衛は立ち上がった。

「どこに行ったのか、わからぬのか」

「はい、わかりませぬ。妙な半円の剣を使う者と戦っていたようなのですが」

「半円の剣だと……」

隼兵衛はその剣の持ち主の姿を見ていない。

「最後に石羽どのの姿を見た者が、誰かもはっきりしませぬ。気づいたら、その半円の剣の持ち主とともにいなくなっていたようです」

青山屋敷に戻ったはずがないな、と隼兵衛は思った。冶五郎が、なんの断りもなくこの場を去るというのはさすがに考えにくい。

隼兵衛は顔をしかめた。

――石羽どのはいったいどこに消えたのか。もしや、その半円の剣の持ち主に連れ去られたというようなことはないのか。

当たり障りのないことを隼兵衛は思った。

「旗丘――」

呼びかけてきた者がいる。見ると、そこに立っているのは勘之助だった。

「ああ、ご無事でしたか」

隼兵衛は安堵の息を漏らした。

勘之助のそばに謙完もいる。悄然としているが、傷一つ負っていないようだ。

そのことについては、隼兵衛はほっとしたが、やはり弥一を死なせてしまったことに思いはどうしても戻る。

済まぬ、と隼兵衛は弥一の死骸に向けて頭を下げるしかなかった。

——おぬしを死なせてしまった。誰も死なせぬと誓ったのに……。

付き合いは短かったが、隼兵衛の目から涙が出てきた。


疲れ果てて隼兵衛は屋敷に戻ってきた。

門が見えている。

すでに夜は明けている。日の光のまぶしさが目にしみた。

「あっ」

門前まで来て、隼兵衛は声を発した。

首が置かれていた。

石羽治五郎の首である。

――なんということだ。

傷口が少しささくれだっている首を抱き上げて、隼兵衛は声がない。

無念でならない。

冶五郎には明屋敷番として働いてもらいたかった。素晴らしい遣い手だったのだ。

だが、それは叶わなかった。きっと、まだ見ぬ半円の剣の持ち主の仕業だろう。

そして半円の剣の持ち主は、おまえの住処がどこか知っているのだ、ともいいたいのだろう。

やはり引っ越したほうがよいようだ。家人たちを安全な場所に移してからでないと、安心して働けない。

――絹代たちを移したあと、俺は石羽どのの仇を討たねばならぬ。

隼兵衛は意を決した。

――この国を脅かす者を根絶やしにするまで、俺は決して死なぬ。

隼兵衛は決意の杭《くい》を改めて胸に打ちつけた。

深編笠で顔を隠し、クリスチアーノは辻に立っていた。旗丘の屋敷を眺めている。

――浜御殿では決してきさまとの勝負から逃げたわけではないぞ。ビトリーノから、きさまには手を出すなといわれたからだ。
そのビトリーノは旗丘に討たれてしまった。本当に強い侍がまだこの国にはいるのだ。
――今度は俺が相手だ。覚悟しておけっ。
クリスチアーノは袴の裾をひるがえして歩き出した。

この作品は徳間文庫のために書下されました。

徳間文庫

明屋敷番《あきやしきばん》秘録

斬《ざん》

2017年11月15日 初刷

著者 鈴《すず》木《き》英《えい》治《じ》

発行者 平野健一

発行所 株式会社徳間書店

東京都港区芝大門二—二—二 〒105—8055

電話 編集〇三(五四〇三)四三四九
販売〇四八(四五一)五九六〇

振替 〇〇一四〇—〇—四四三九二

印刷 図書印刷株式会社
製本

ISBN978-4-19-894275-5